DRESSLER

Mette Eike Neerlin

Pferd pferd tiger TIGER

Aus dem Dänischen von
Friederike Buchinger

Dressler Verlag · Hamburg

MIX
Papier aus verantwortungsvollen Quellen
FSC® C014496

Deutsche Erstausgabe

1. Auflage

Poppenbütteler Chaussee 53, 22397 Hamburg

Originaltitel: Hest, hest, tiger, tiger

Aus dem Dänischen von Friederike Buchinger
Umschlagillustration und Innenvignetten
von Felicitas Horstschäfer
Satz: Dörlemann Satz, Lemförde
Druck und Bindung: GGP Media GmbH,
Karl-Marx-Straße 24, 07381 Pößneck
Printed 2017
ISBN 978-3-7915-0034-8
www.dressler-verlag.de

Kapitel 1

Essen in der Nase

Also, es ist so: Meine Mutter hatte kein besonders großes Glück mit ihren Kindern.

Jetzt denkst du wahrscheinlich: »Oh, okay«, und: »Sei doch nicht so hart zu dir selbst!«, aber es stimmt. Denn erst kam Mikala mit einem Hirnschaden auf die Welt, und sie mussten ständig zu Untersuchungen und Therapien rennen – was sie im Übrigen immer noch tun, obwohl Mikala heute neunzehn geworden ist. Dann machte sich Mikalas Vater Bjarke aus dem Staub und verschwand nach Holland, Mama lernte meinen Vater kennen und schließlich kam Honey, also ich. Mit Lippen-Kiefer-Gaumenspalte, unzähligen Operationen, und als ich klein war, blieb mir das Essen immer in der Nase stecken.

Ehrlich gesagt, sah ich aus wie ein Monster. Jedenfalls ganz sicher nicht wie das bezaubernde, niedliche, rosarote Baby, von dem die meisten träumen. Und obwohl ich im Vergleich zu vielen anderen mit Lippen-Kiefer-Gaumenspalte noch glimpflich davongekommen bin, muss man zugeben, dass ich kein sonderlich hübscher Anblick bin. Im Gegenteil. Meine Nase ist flach und schief, meine Oberlippe groß und vernarbt. Schön werde ich in diesem Leben nicht mehr. So ist es einfach.

Irgendwann rund um meinen zweiten Geburtstag machte sich auch mein Vater vom Acker. Vielleicht hat Mama ihn auch rausgeworfen, ich bin mir nicht ganz sicher. Seitdem reden meine Eltern nicht mehr miteinander. An das letzte Mal kann ich mich schon gar nicht mehr erinnern. Sie brüllen nur noch.

Papa wohnt in Nørrebro, so wie wir auch, nur ein paar Straßen entfernt.

Ich sehe ihn jedes zweite Wochenende, wenn ich an den Samstagen der ungeraden Wochen bei ihm übernachte, und ab und zu, wenn er vor der Schule auf mich wartet und sagt: »Na, Honey? Wollen wir eine heiße Schokolade trinken gehen?«

Das kommt meistens am Monatsende vor, weil er sich dann Geld leihen will. Nur hundert Kronen bis zum nächsten Tag. Oder was ich halt gerade dabeihabe. Ich darf Mama nichts davon erzählen.

Manchmal bekommt er, was er will. Ab und zu gibt Mama mir eine Handvoll Münzen oder ein paar kleine Scheine, damit ich einkaufen gehen oder mir was zu essen besorgen kann, aber ich gebe selten alles aus. Papa steckt sich das Geld in die Hosentasche, drückt mir einen

Kuss auf die Haare und sagt, dass er nicht wüsste, was er ohne mich nur tun sollte.

Meistens setzen wir uns dann einfach auf eine Bank im Park und quatschen ein bisschen, Papa raucht ein paar Zigaretten und wirft mit den Kippen nach Tauben. Vielleicht zeigt er mir ein neues Tattoo, das er sich hat stechen lassen. Heiße Schokolade habe ich noch nie bekommen.

Kapitel 2

Muskeln, Zimtröllchen und andere Sachen

Ich habe schon ein paarmal gehört, wie jemand sagte, mein Vater würde Steroide schlucken. Davon bekommt man große Muskeln. Ich weiß nicht, ob es stimmt. Ich habe nicht gefragt. Aber falls es wirklich so ist, muss ich sagen, das Zeug wirkt.

Mein Vater hat riesige Oberarme. Gigantische Oberarme. Sie sind so groß, dass sie immer ein Stück vom Körper abstehen, wie bei einer Actionfigur, obwohl er mit Action sonst nicht viel am Hut hat. Einmal hat er als Umzugshelfer gearbeitet, aber dann bekam er Rückenschmerzen und hörte gleich wieder auf. Soweit ich weiß, sieht er ziemlich viel fern. Na, zum Glück kann er ja ein paarmal in der Woche ins Fitnessstudio und Gewichte stemmen.

Als ich jünger war, fand ich das alles ziemlich cool, das mit den Steroiden und den Muskeln. Aber mit der Zeit wurde mir klar, dass es das gar nicht ist. Ich konnte es an der Art erkennen, wie andere ihn ansahen. Die Kinder aus meiner Klasse, ihre Eltern, Leute auf der Straße. Papas Muskeln waren *zu viel* geworden. So ist es nämlich mit den meisten Dingen. Am Anfang ist alles super und cool, aber sobald eine gewisse Grenze erreicht ist, wird es *zu viel,* und dann ist es nicht mehr super. Überhaupt nicht mehr.

So war es auch damals mit den Zimtröllchen, die ich in der Frühstücksbox dabeihatte. Mama hatte vergessen, Brot zu kaufen, und Bargeld hatte sie auch keins, aber von den Zimtröllchen hatten wir gleich mehrere Tüten zu Hause auf Lager. Mikala ist verrückt danach.

»Na, du hast heute aber Glück«, sagte Maria, unsere Klassenlehrerin, als sie das sah.

Und ich grinste glücklich und mampfte mein Frühstück.

Doch schon am nächsten Tag, als Mama immer noch kein Brot gekauft hatte, aber nach wie vor jede Menge Zimtröllchen da waren, konnte ich an Marias Gesicht ablesen, dass ich wohl schon nicht mehr ganz so viel Glück hatte. Ganz zu schweigen vom dritten und vierten Tag. Auch die Kinder fingen an zu tuscheln. Und am fünften Tag, es war ein Freitag, rief Maria abends meine Mutter an und sagte, dass es in der Schule so etwas wie eine Essenspolitik gibt. Mamas Wangen glühten, als sie auflegte. Die Zimtröllchen waren *zu viel* geworden.

Und genauso ist es mit einer Menge anderer Dinge. Eigentlich sogar mit den meisten, wenn man darüber nachdenkt. Es geht immer darum, sich innerhalb der Grenzen zu bewegen. Nicht zu viel zu tun oder zu wenig, sondern exakt genug.

Auf diese Weise entgeht man den Blicken der Leute. Und den Tuscheleien. In der Klasse oder auf dem Schulhof oder wenn man auf den Bus wartet. Das nennt man *reinpassen* und darin bin ich richtig gut geworden. Die Beste in meiner Familie.

Nach mir kommt meine Mutter, Mikala und Papa sind die Schlusslichter, sie sind echt schlecht darin.

Kapitel 3
Abendessen

Meine Mutter arbeitet in Harrys Hackenbar, das ist ein Geschäft, in dem Schuhe repariert werden, die kaputtgegangen sind oder neue Sohlen brauchen, weil die alten zerschlissen sind. Außerdem kann man sich Nieten und Löcher in Gürtel machen lassen und Schuhcreme, Schnürsenkel, Schlüsselringe oder Türschilder kaufen.

Tatsächlich hat Mikala die Türschilder gemacht. Sie arbeitet zusammen mit anderen geistig Behinderten in einer Werkstatt. Dort malen sie »WC« in hübschen, verschnörkelten Buchstaben auf Holzschilder, die dann in verschiedenen Geschäften verkauft werden. Die Schilder sind superschön. Besonders Mikalas, die ein bisschen perfekter sind als die der anderen. Sie hat es wirklich drauf. Bei uns zu Hause hängen ihre WC-Schilder an sämtlichen Türen.

Harrys Hackenbar schließt um sechs Uhr abends, aber

bis Mama nach Hause kommt, wird es oft halb acht, deshalb essen Mikala und ich meistens ohne sie zu Abend.

Mikala ist nicht so für Neues zu haben, sie will am liebsten jeden Tag Fischfrikadellen, Leberwurstbrote oder Tiefkühlpizza. Na ja, außer sie hat sich schon an Zimtröllchen satt gegessen.

Eigentlich kann ich ganz gut kochen. Ab und zu mache ich Knorr-Lasagne. Dann freut sich Mama, wenn sie nach Hause kommt.

Ein typisches Abendessen läuft bei uns folgendermaßen ab:

Mikala und ich haben uns gerade an den Küchentisch gesetzt und uns Milch eingeschenkt.

Mikala: »Ich muss mal.«

Ich: »Das dachte ich mir.«

Mikala: »Kommst du mit?«

Ich: »Nee.«

Mikala: »Doch!«

Ich: »Okay.«

Mikala pinkelt, ich lehne vor dem Badezimmer an der Wand.

Mikala: »Rate mal, welche Farbe meine Unterhose heute hat.«

Ich: »Blau.«

Mikala: »Ich habe gar keine blaue. Du sagst immer Blau.«

Ich: »Dann Weiß.«

Mikala: »Rot!« (Sie lacht laut und putzt sich ab.)

Ich: »Okay. Kann ich jetzt wieder in die Küche gehen?«

Hinterher erzählt Mikala, dass sie ihre Rezeptkuverts neu sortiert hat und wie. Das macht sie jeden Tag.

Mikala hat eine riesige Sammlung von Rezeptkuverts. Sie sammelt, seit sie acht Jahre alt ist. Rezeptkuverts sind kleine, alberne Umschläge, die man früher in Apotheken bekam, um Rezepte darin aufzubewahren, falls man sie noch mal brauchen sollte. In manchen Apotheken gibt es solche Umschläge immer noch, und wenn man höflich fragt und ein Sammler ist, so wie Mikala, dann bekommt man einen.

Es gibt unglaublich viele verschiedene Rezeptkuverts mit genauso unglaublich vielen verschiedenen Motiven, und Mikala hat so ungefähr alle, schätze ich.

Mikala interessiert sich primär für zwei Dinge: ihre Rezeptkuverts und *Matador,* eine Uralt-Fernsehserie, die noch aus der Zeit stammt, als unsere Eltern Kinder waren. Sie hat alle vierundzwanzig Folgen auf DVD, und wenn sie nicht gerade ihre Kuverts sortiert, klebt sie vor dem Fernseher. Ab und zu versucht sie, beides gleichzeitig zu machen.

Kapitel 4

Ausflug in den Freizeitpark

Jedes Jahr vor den Sommerferien arrangieren ein paar Eltern aus meiner Klasse einen Familientag, bei dem auch Geschwister und Eltern dabei sind. Das Ganze findet fast immer an einem Samstag statt und letztes Mal waren wir im Freizeitpark Dyrehavsbakken.

Es war ein warmer Tag, viel wärmer, als zuvor im Fernsehen angekündigt, und wir hatten allesamt viel zu viel an. Alle zogen sich stöhnend die Jacken aus und sagten, die Hitze würde sie umbringen, und dass es vielleicht eine gute Idee wäre, nach dem Mittagessen Wildwasserbahn zu fahren.

Papa war auch mitgekommen, obwohl es der Samstag einer geraden Woche war und ich ihn erst am Wochenende davor besucht hatte. Er lachte mit den anderen Vätern und redete davon, dass es langsam Zeit für ein anständiges Bier wäre. Aber Papa zog nicht nur seine Jacke aus, sondern auch noch T-Shirt und Unterhemd. Er lief als Einziger mit nacktem Bauch herum und lüftete seine großen Tattoos. Ich konnte sofort sehen, dass das *zu viel* war. Vielleicht auch wegen der Muskeln und Steroide. Wahrscheinlich sogar. Und es wurde auch nicht besser, als sich alle Väter ein Bier kauften. Papa kaufte zwei. Eins für jede Hand.

Bier ist prima, wenn es heiß ist und man als Vater am Schulausflug im Dyrehavsbakken teilnimmt. Aber zwei Bier gleichzeitig sind nicht gleich doppelt prima. Sondern *zu viel*. Das wusste ich genau.

Mikala war an diesem Tag natürlich auch dabei. Ich hatte zwar vorgeschlagen, dass sie stattdessen einen Ausflug mit Oma in den Schrebergarten machen könnte, aber zu dieser Zeit hatte Oma eine dieser Phasen, in denen sie ein bisschen zu viel Portwein trank und sich immerzu mit Mama stritt. Das ging also leider nicht.

Mikala wird immer wahnsinnig nervös, wenn sie mit vielen Menschen zusammen ist. Das führt dazu, dass sie noch mehr über ihre Rezeptkuverts redet als sowieso schon. Mit jedem. Hat man auch nur ein einziges Mal Interesse gezeigt, ist sie nur schwer wieder abzuschütteln.

Ich erkenne diesen suchenden Blick von Leuten sofort. Diesen Blick, der sagt: »Rette mich!« Dann weiß ich, dass Mikala irgendwo in der Nähe ist und vermutlich gerade bei der Geschichte angelangt ist, wie sie es geschafft hat, eine Serie von vier hübschen Kuverts mit Fachwerkhäusern auf Samsø zu ergattern.

Das wiederum führt dazu, dass ich mich bei solchen

gemeinsamen Ausflügen nie so richtig entspannen kann. Zum Glück bekommt Mikala meistens Bauchweh, wenn sie unsicher wird, und verbringt dann ziemlich viel Zeit auf der Toilette. Dummerweise muss ich sie aber immer begleiten. Um vor der Tür Wache zu halten und die Farbe ihrer Unterhose zu erraten. Das wiederum stresst mich, weil ich dann meinen Vater nicht im Auge behalten kann. Mama redet ja nicht mit ihm. Sie versucht lieber, ihn, so gut es geht, zu ignorieren, raucht dabei Kette und lacht lauthals über alles, was die anderen Mütter sagen, ohne zu merken, dass die ihrerseits wie wild mit den Händen wedeln, weil sie nicht von ihr eingeräuchert werden wollen.

Manchmal trinkt Mama auch ein bisschen zu viel. Sie wird dann so lustig-angeheitert, nicht mehr als andere Eltern, aber trotzdem.

An so einem Tag spüre ich, wie die Blicke auf meinem Körper brennen. Papa, der ein Bier nach dem anderen ext und schließlich die Hosen runterlässt, um den Leuten die Umrisse von irgendeinem neuen Wikingermotiv mit Feuer und Schlangen zu präsentieren, das er sich gerade auf den Oberschenkel stechen lässt. Mikala, die die ganze Zeit Dünnschiss hat.

Währenddessen lächele ich, so gut ich kann. Das hilft ein bisschen gegen die Blicke – sie werden dann weniger oder brennen nicht mehr so. Nur ganz weg gehen sie nicht.

Schließlich verschwindet Papa irgendwann. Garantiert.

Plötzlich klingelt sein Handy und weg ist er. Er sagt nicht mal Tschüss.

Nach solchen Familienausflügen mit der Klasse bin ich echt fertig. Ich wünschte wirklich, meine Familie würde irgendwann mal lernen, sich innerhalb der Grenzen zu bewegen. Zumindest Mikala und Papa. Immer, wenn sie es nicht tun, passiert etwas, ganz automatisch: Je mehr Raum sie einnehmen, desto weniger bleibt für mich. Es ist unglaublich, wie klein ich werden kann.

Kapitel 5
Lügen und Erdbeerkuchen

Ab und zu erwische ich mich selbst dabei, dass ich Dinge sage, die überhaupt nicht stimmen. Ich lüge. Und ich spreche hier nicht davon, Mama zu erzählen, sie sehe gar nicht müde aus, wenn sie danach fragt – oder Mikala, dass ich es total spannend finde, wie sie ihre Rezeptkuverts sortiert hat. Ich meine größere Sachen. Sachen, die eine Situation total verändern können.

Zum Beispiel, als ich an einem Sonntagmorgen beim Bäcker war.

Wir wechseln uns jeden Sonntag mit dem Brotkaufen ab. Mama, Mikala und ich. An diesem Tag war ich dran und ich hatte über zehn Minuten in der Schlange gewartet. Das Geschäft war proppenvoll.

»Ein halbes Weißbrot mit Kürbiskernen«, sagte ich zu der Verkäuferin.

»Gern«, sagte sie und marschierte schnurstracks auf eine stattliche Erdbeertorte mit Sahne zu und verfrachtete sie sorgsam in eine Pappschachtel, die sie ebenso sorgsam verschloss. »169 Kronen, bitte.«

Ich starrte sie und die Pappschachtel an.

»Äh«, sagte ich und fummelte an dem Zweihundertkronenschein herum, den ich zwischen den Fingern hielt.

»169«, wiederholte sie und lächelte freundlich. »Darf es sonst noch etwas sein?«

»Na ja, also«, murmelte ich, während ich mit flackerndem Blick nach den Kürbiskernbroten Ausschau hielt.

Eine Frau schob mich zur Seite, um bessere Sicht auf die Brötchen hinter der Theke zu haben. Ein Mann hustete mir direkt in den Nacken.

»Ach herrje«, sagte die Verkäuferin da. »Hätte es etwa doch der kleine Erdbeerkuchen sein sollen?« Sie legte den Kopf schief und sah mich forschend an. »Ja, oder?«

Ich war ganz bestimmt nicht wegen Kuchen hier, deshalb hätte ich die Dame wohl am ehesten auf ihren Irrtum aufmerksam machen müssen. Aber ich stand vor einer Frau, die offenbar Probleme mit dem Gehör hatte, wofür sie ja nichts konnte, noch dazu in einem Raum, der bis zum Rand mit ungeduldigen Zuschauern vollgestopft war. Gleichzeitig spürte ich ganz deutlich, wie ich langsam den Augenkontakt zu ihr verlor, weil ihr Blick zu einem Punkt zwischen meiner Nase und meiner Oberlippe wanderte.

»Nein, nein«, antwortete ich und gab ihr das Geld »Das ist genau richtig. Wir lieben Torte.«

Mama war alles andere als begeistert, als ich nach

Hause kam. Sie hatte sich auf ein Käsebrot gefreut und außerdem war da natürlich noch die Sache mit dem Preis. Aber Mikala war total glücklich und schließlich entspannte sich Mama.

»Also, dann müssen auch noch Kerzen drauf«, sagte sie und angelte die Dose mit der Kuchendekoration vom obersten Regalbrett im Küchenschrank. »Was für ein festlicher Sonntag.«

Kapitel 6

Noch mehr Lügen und die Sache mit dem Zirkel

Ein andermal log ich, weil ich meinen Zirkel im Klassenzimmer vergessen hatte. Als ich ihn brauchte, um eine Matheaufgabe für den nächsten Tag zu erledigen, blieb mir nichts anderes übrig, als nachmittags mit dem Bus zurückzufahren und ihn zu holen.

Zum Glück war die Schule nicht abgeschlossen, ich kam problemlos rein. Aber als ich die Tür zu unserem Klassenzimmer öffnete, war der Raum voller Menschen. Da saßen so ungefähr zwölf bis fünfzehn Leute und hörten einer Frau zu, die irgendetwas erklärte und dabei auf eine Weltkarte zeigte, die vor der Tafel hing.

Mein Zirkel lag auf einem Tisch in der hintersten Ecke, aber ich brauchte ihn wirklich dringend, also dachte ich mir, ich könnte ja klammheimlich reinschleichen und ihn mir einfach schnell schnappen.

Aber als ich ungefähr in der Mitte des Raums war,

sagte die Frau an der Tafel plötzlich: »Ah, du bist bestimmt Karen?«

Erst da wurde mir bewusst, dass mich alle ansahen, und ich blieb stehen.

»Äh, ja«, sagte ich aus irgendeinem Grund.

Vielleicht erschien es mir in diesem Moment leichter, das letzte Stück bis zum Zirkel zurückzulegen, wenn ich Karen hieß und nicht Honey.

»Setz dich einfach hin, Karen«, sagte die Frau. »Wir haben gerade erst angefangen.«

Es stellte sich heraus, dass ich in einem Abendkurs »Chinesisch für Anfänger« gelandet war. Alle anderen Teilnehmer waren erwachsen, und sie waren wahnsinnig nett zu mir, weil ich so jung war und trotzdem so sprachinteressiert, wie sie sagten.

In zweieinhalb Stunden lernte ich, »Guten Tag« zu sagen (ni hao) und »wie heißt du?« (ni jiao shenme mingzi?). Wir übten, die Wörter richtig auszusprechen, was echt nicht einfach war.

Hinterher erklärte uns die Lehrerin ein paar chinesische Sprichwörter und Redewendungen. Zum Beispiel gab es den Ausdruck »mama huhu«, was eigentlich so viel wie »Pferd, Pferd, Tiger, Tiger« heißt, aber die Chinesen verwenden es, wenn etwas nicht so richtig gut ist, aber trotzdem schlimmer sein könnte. Mama huhu. Ich schrieb es auf einen Zettel, weil mir der Ausdruck gefiel.

Fast die ganze Zeit starrte ich aus den Augenwinkeln auf den Zirkel in der Ecke, und am Ende gelang es mir tatsächlich, ihn mit nach Hause zu nehmen, auch wenn es ein bisschen mühsam war. Ich hatte wirklich Glück, dass Karen nicht aufgetaucht war.

Ich glaube, ich kann gar nicht alle Gelegenheiten aufzählen, in denen ich gelogen habe, ohne es zu wollen. Meistens rutschen sie mir einfach so raus. Die falschen Antworten. Ich habe es einfach nicht im Griff.

Kapitel 7

Wochenende in einer ungeraden Woche

Wenn ich jeden zweiten Samstag mit einer Tasche über der Schulter bei meinem Vater klingele, ist es in der Regel schon zwei Uhr. Davor ist er sowieso zu nichts zu gebrauchen.

Meistens späht er erst mal vorsichtig durch die Jalousie. Ich kann deutlich erkennen, wie sich eine Lamelle von den anderen abhebt, und dann winke ich und rufe, dass ich es bin. Honey. Danach macht er das Fenster auf und streckt den Kopf raus. Erst nur ein kleines bisschen – er schaut nach links und nach rechts, genau so, als wollte er eine Straße überqueren –, endlich winkt er mit beiden Armen und lacht und beeilt sich, auf den Summer zu drücken.

Sobald ich oben ankomme, fängt Papa sofort damit an zu lüften, Aschenbecher zu leeren und Tische und Regale abzuwischen. Er nimmt dafür gern alte Socken, die er unter dem Wasserhahn nass macht, weil er nie richtige

Spültücher hat. Außerdem prüft er, ob die Toilette einigermaßen sauber ist, und klappt den Sitz runter. Es soll alles ordentlich sein, wenn ich zu Besuch komme.

Meistens unternehmen wir nicht viel, sondern schauen uns Filme an oder so, und immer kommt irgendwer vorbei. Wenn es klingelt, geht Papa zum Fenster und macht das mit den Jalousien, bevor er schließlich den Summer drückt und die Wohnungstür aufmacht.

»Was gibt's?«, fragt er in der Diele, und seine Stimme hallt durch das ganze Treppenhaus. »Meine Tochter ist hier.«

Die Gäste dürfen nur selten reinkommen. Stattdessen geht mein Vater zum Regal im Wohnzimmer, gräbt mit der Hand in einem Tontopf, bevor er die Leute wieder wegschickt. Sobald die Tür zu ist, bekomme ich eine extra Umarmung, oder er kneift mir zärtlich ins Knie.

So vergehen die Wochenenden. Eins nach dem anderen. Zum Abendessen holen wir Pizza. Zum Frühstück trinken wir Limo und essen die Pizzareste vom Vortag oder vielleicht ein paar Chips, falls noch welche da sind.

Papa vergisst immer, Frühstück einzukaufen. Das liegt daran, dass er selbst morgens normalerweise nie etwas isst. Ein einziges Mal habe ich mir Cornflakes mitgebracht, aber Papa hatte keine Milch, also habe ich sie mit Wasser gegessen. Das ging schon, aber wahnsinnig lecker war es nicht.

»Das ist doch echt erbärmlich«, sagte Papa. »Nicht mal für meine eigene Tochter kann ich sorgen.«

Er sah schrecklich deprimiert aus und ließ den Kopf zwischen seinen breiten Schultern hängen.

»Limo und Chips sind doch super«, sagte ich. »Bei Mama gibt es das nie.«

»Nein, das kann ich mir vorstellen«, sagte Papa grinsend und klopfte mir auf die Schulter. »Die versteht ja auch keinen Spaß.«

Das stimmt zwar eigentlich nicht, aber ich lachte mit. Dann machten wir den Fernseher an und zappten uns ein bisschen durch die Programme, bis es Zeit für mich war, nach Hause zu gehen.

Kapitel 8

Der Tag mit dem Bus

Vielleicht fragst du dich schon langsam, worum es in dieser Geschichte eigentlich gehen soll. Dazu kommen wir jetzt. Alles begann mit einer Busfahrt.

Eines Nachmittags war ich in der Stadt unterwegs, um ein Geschenk für Mikala zu besorgen. Es war fast drei Jahre her, dass sie mit Nägelkauen aufgehört hatte, und das ist ein besonderer Tag, den wir normalerweise feiern. Ich hatte auch schon etwas für sie gefunden: ein Paar Ohrringe und ein Armband mit kleinen Steinen, die wie Diamanten aussehen sollten. Sie ist total verrückt nach Sachen, die glitzern.

Aber als ich aus dem Laden kam, blieb ich einen Moment stehen und guckte in die Tüte, um zu sehen, ob ich den Kassenbon dabeihatte. Ich war mir nämlich nicht sicher, ob das Rosa wirklich hübsch war oder ob ich das Set besser in Weiß genommen hätte.

Ich war total in Gedanken.

Deshalb hörte ich auch nicht, dass jemand etwas zu mir sagte. Erst als derjenige die Stimme hob und rief: »He, Schwester«, schaute ich hoch.

Es stellte sich heraus, dass ich direkt an der Bushaltestelle stehen geblieben war, und vor mir hielt ein Bus und wartete mit offener Tür. Der Busfahrer, ein großer, dicker Mann mit rotem Schnauzbart, winkte mir und rief:

»Willst du jetzt mit oder nicht?«

»Oh, tut mir leid«, sagte ich und knüllte die Tüte mit Mikalas Schmuck zusammen, um sie einzustecken.

»Dann steig endlich ein«, sagte der Fahrer und sah mittlerweile ziemlich gereizt aus. »Oder bist du vielleicht auch noch taub? Wolltest du nicht mit?«

Und da passierte das, was ab und zu passiert – das mit den falschen Antworten. Ich sagte: »Doch« und kletterte hastig in den Bus, obwohl ich keine Ahnung hatte, wohin er mich bringen würde. Ich bekam gerade noch so den Rucksack mit rein, bevor sich die Türen schon hinter mir schlossen.

Der Fahrer schüttelte den Kopf und ich zog schnell meine Busfahrkarte aus der Tasche.

Ich fahre jeden Tag mit dem Bus in die Schule und wieder nach Hause, deshalb habe ich die Fahrkarte zum Glück immer dabei.

Wir fuhren los, und ich setzte mich auf den Platz am Fenster, der eigentlich für alte Leute mit Stock reserviert ist. Aber der Bus war fast leer.

Ich fuhr eine ganze Weile, sah die vertrauten Geschäfte

und Seitenstraßen am Fenster vorbeigleiten. Irgendwann kannte ich mich nicht mehr richtig aus, aber dann bemerkte ich, dass wir gleich am Zoo waren, und der ist ganz sicher nicht in der Nähe unserer Wohnung. Da dachte ich mir, es wäre wohl langsam an der Zeit, den Stoppknopf zu drücken.

Ich stieg aus und blieb erst mal einen Moment stehen, um die Situation zu überdenken. Es war ziemlich bescheuert. Sollte ich einfach den Bushaltestellen rückwärts folgen und nach Hause laufen? Oder auf die andere Straßenseite gehen und den Bus in die Gegenrichtung nehmen?

Das Wetter war eigentlich schön, obwohl inzwischen Herbst war. Ein Stück die Straße hinunter war eine Menge Bäume mit roten und gelben Blättern, die bestimmt zu einem Park gehörten. Die Vögel zwitscherten, der Wind war frisch und es waren nur wenige Menschen unterwegs.

Ich hatte das Gefühl, am anderen Ende der Welt gestrandet zu sein. Das kribbelte ein bisschen im Magen.

Ein Stück die Straße hinunter stand ein Mann und winkte. Er hatte weiße Sachen an. Ich kannte ihn nicht, also tat ich so, als würde ich ihn gar nicht bemerken, und starrte stattdessen auf mein Handy. Es war zwanzig nach vier. Ich musste langsam wirklich los, falls ich zu Fuß gehen wollte.

»Maja?«, sagte der Mann in Weiß, der jetzt ganz nah gekommen war.

Er legte eine Hand auf meine Schulter und lächelte. Er sah nett aus. So nett, dass ich mitlächeln musste.

»Hier hast du dich also versteckt«, sagte er.

»Äh, ja«, sagte ich so ein bisschen fragend. »Sieht wohl so aus.«

Der Mann legte entschlossen seine Hand auf meinen Rücken und schob mich langsam in die Richtung, aus der er gekommen war. Meine Beine setzten sich automatisch in Gang und folgten ihm.

»Dein Großvater wartet auf dich«, sagte er. »Wir haben uns schon gefragt, wo du wohl abgeblieben bist.«

Man könnte sagen, dass ich ein bisschen überrumpelt war. Mir war natürlich klar, dass das Ganze dabei war, sich zu einer enorm peinlichen Situation zu entwickeln, aber mir fiel nichts Besseres ein, als einfach mitzugehen. Erst die Busfahrt, jetzt das.

Der Mann führte mich die Straße hinunter und bog dann nach rechts in eine noble Seitenstraße ab. Ich war mir zu einhundert Prozent sicher, dass ich hier noch nie gewesen war. Wir gingen noch ein Stück, bis wir schließlich vor einem roten Ziegelgebäude standen. Er schob mich durch die Tür und dann in einen Gang mit Fenstern auf der einen und Türen auf der anderen Seite.

»Hier«, sagte er schließlich und blieb vor der Tür mit der Nummer drei stehen. Sie stand einen Spaltbreit offen. »Geh einfach rein. Er ist wach.« Und etwas lauter: »Ich hatte recht, Marcel. Sie stand etwas planlos an der Straße.«

»Hallo«, sagte eine kratzige Männerstimme irgendwo im Zimmer.

Ich ging so langsam, wie ich konnte. Ich ging so langsam, dass ich fast rückwärts ging.

Hinter mir schloss sich die Tür.

Kapitel 9

Ein Mann namens Marcel

Ich befand mich in einem hellen Zimmer mit riesigen Fenstern und einer Art Terrasse in grüner Umgebung. Links war eine Tür, die zu einer Toilette führte, und ungefähr in der Mitte des Raums standen ein Krankenhausbett, ein Tisch und zwei blaue Sessel mit Armlehnen aus hellem Holz, ausgerichtet auf einen Fernseher, der an der Wand hing. Im Bett lag ein dünner Mann mit weißem Bart und currygelbem Unterhemd.

Wir starrten uns eine Weile an, der Mann und ich. Ich überlegte, einfach die Beine in die Hände zu nehmen und abzuhauen, aber irgendetwas brachte mich dazu, stehen zu bleiben.

Schließlich öffnete er den Mund und sagte: »Du bist nicht Maja.«

Ich zuckte mit den Schultern. »Stimmt. Ich heiße Honey.«

Der Mann brummte und lehnte sich mit schiefem Lächeln im Bett zurück. »Aha.« Er streckte die Hand nach einer goldenen Pralinenschachtel auf dem Tisch neben seinem Bett aus. »Magst du Schokolade, Honey?«

Ich nahm eine Praline.

Sie war mit Karamell gefüllt und möglicherweise auch mit irgendeiner Art Schnaps. Bisschen scharf, aber lecker. Der Mann nahm sich auch eine, und während wir beide kauten, sahen wir uns an.

»Ich heiße Marcel«, sagte er, als er den Mund leer hatte, »und ich würde natürlich schrecklich gern erfahren, wie es kommt, dass du hier bist.«

Er streckte mir wieder die Schachtel entgegen und ich nahm mir noch eine Praline.

»Kennst du Maja?«, fragte er.

Ich schüttelte den Kopf.

»Nee. Ich habe nur zufällig den Bus genommen. Und dann kam dieser Mann und hat mich hergebracht. Eigentlich sollte ich längst zu Hause sein und Fischfrikadellen für meine Schwester braten.«

Marcel lächelte. »Oh, das klingt heftig.«

»Ach was, die muss man nur auftauen«, sagte ich.

Wieder lächelte Marcel und ich schaute mich ein bisschen um. Neben dem Bett stand ein Infusionsständer. Daran hing ein Beutel mit Wasser, ein langer, dünner Schlauch führte nach unten. Ich ging davon aus, dass der Schlauch an irgendeiner Stelle in Marcel endete.

»Bist du krank?«, fragte ich. »Ist das hier eine Art Krankenhaus?«

Marcel nickte.

»Es heißt Hospiz. Ich werde hier sterben. Vielleicht in einem Monat. Auf jeden Fall bald.« Er schob sich zwei Pralinen gleichzeitig in den Mund und nickte vor sich hin.

»Oh, ach so«, sagte ich.

Ich wusste nicht, was man zu jemandem sagt, der bald sterben wird.

»Dann ist es ja gut, dass Maja dich besuchen kommt«, versuchte ich es.

»Hm.« Marcel brummte und schaute für einen Augenblick aus dem Fenster. »Allerdings glaube ich nicht, dass sie kommen wird«, sagte er.

Im selben Moment klingelte mein Handy. Ich zog es aus der Tasche und warf einen Blick auf das Display. Es war Mikala. Ich lehnte den Anruf ab und steckte das Handy wieder ein.

»Ich muss gehen«, sagte ich. »Die Fischfrikadellen rufen. Danke für die Schokolade und Entschuldigung für die Störung.«

Marcel nickte. »Kommst du ein andermal wieder?«

»Äh«, sagte ich, »wahrscheinlich nicht.«

Ich winkte ihm von der Tür aus zu und er winkte zurück.

»Falls doch«, sagte er, »würdest du mir dann vielleicht einen süßen Kartoffelkuchen vom Bäcker mitbringen? Du weißt schon, so einen mit Marzipan.«

»Abgemacht.« Ich winkte ein letztes Mal. »Also falls.«

Dann ging ich.

Kapitel 10

Eine Karen zu viel

Als ich das zweite Mal zum Chinesisch ging, tauchte Karen leider auch auf. Das führte zu leichter Verwirrung, weil die Lehrerin nur eine Karen auf der Liste hatte und jetzt von uns wissen wollte, wie wir mit Nachnamen hießen, damit sie herausfinden konnte, wer von uns beiden nicht im System registriert war.

»Blixen«, rutschte es mir spontan heraus, weil es irgendwie so natürlich klang.

Erst sahen die Gesichter der anderen ein bisschen komisch aus, und für einen Moment fragte ich mich nervös, ob die andere Karen gerade dasselbe gesagt hatte. Ich vergesse gelegentlich zuzuhören. Aber sie hieß zum Glück Andersen. Ich atmete erleichtert auf.

»Also Karen Andersen und Karen Blixen«, wiederholte die Lehrerin und notierte etwas auf ihrem Block. »Und nur um sicherzugehen: Blixen mit x?«

»Ganz genau«, sagte ich. »Ist ein bisschen speziell.«

Vielleicht wundert sich jetzt jemand, dass ich überhaupt noch mal in dem Kurs erschienen war. Aber das lag nur daran, dass wir beim ersten Mal in Tandems eingeteilt worden waren und ich eine Partnerin bekommen hatte, die Birgit hieß und nicht besonders gut war. Wir hatten ein paar wahnsinnig schwierige Sätze zusammen geübt, die wir beim nächsten Mal der restlichen Gruppe vorführen sollten. Es wäre mir, ehrlich gesagt, ein bisschen feige vorgekommen, nicht zu erscheinen.

Es lief auch richtig gut mit unseren Übungen und Sätzen. Ich lernte ein paar neue Wörter, und die Lehrerin spielte uns ein Lied vor, das in China sehr bekannt ist. Es heißt »Dong fang hong«, was so viel wie »Der Osten ist rot« bedeutet.

Hinterher sollten wir versuchen, alle gemeinsam mitzusingen, während die Lehrerin uns auf der Gitarre begleitete, und wenn ich das selbst so sagen darf, gehörte ich eindeutig zu denen, die am allerbesten gesungen haben. Ich hatte wirklich ein Gespür für diese Sprache.

Aber das zweite Mal würde auch das letzte Mal im Chinesischkurs sein, schließlich wusste ich nur zu gut, dass Karen Blixen ganz sicher nicht bezahlt hatte. Und ich wusste auch, dass Mama mir genauso sicher nicht erlauben würde, Chinesisch zu lernen. Wir mussten gerade sparen, um unsere kaputte Waschmaschine reparieren lassen zu können – oder eine neue zu kaufen, damit Mama und ich nicht mehr jede Woche in den Waschsalon gehen mussten.

Und so verschwand Karen Blixen spurlos am Ende dieses Tages. Wie vom Erdboden verschluckt. Das muss sehr mysteriös gewirkt haben. Ich hoffe nur, dass sich deshalb niemand Sorgen gemacht hat. Es ging nicht anders.

Ziemlich lange hatte ich Angst, jemanden aus dem Kurs auf der Straße zu treffen. Ganz besonders die Lehrerin, der ich jetzt ja wohl irgendwie Geld schuldete, womit es mir immer noch nicht gut geht. Eine Weile zog ich unterwegs immer die Schultern hoch bis zu den Ohren und ließ mir die Haare ins Gesicht hängen. Zum Glück begegnete mir aber nie jemand und nach einer Weile entspannte ich mich wieder ein bisschen.

Kapitel 11
Frühstück und Pupsprinzessin

Am Morgen nach meiner ungewollten Bustour und dem Besuch bei Marcel sagte Mikala: »Weißt du was? Mama hat mich gerade an etwas Gutes erinnert. Als du klein warst, da haben wir dich immer Pupsprinzessin genannt, und ich finde, damit sollten wir unbedingt wieder anfangen!«

Sie hielt sich den Mund zu und kicherte laut, und ich schaute Mama an, die es sich mit Kaffee und der Lokalzeitung gemütlich gemacht hatte.

Sie zuckte bedauernd mit den Schultern und verdrehte die Augen, ohne dass Mikala es sehen konnte.

Ich seufzte, holte mir Löffel und Schälchen aus dem Schrank und machte mir Haferflocken mit Milch.

Wir sind an solche Szenen gewöhnt und manchmal auch an Schilder mit Worten und Namen, die Mikala sich ausgedacht hat. Mama wird meistens Fettsack genannt, obwohl sie ungefähr fünfzig Kilo weniger als Mikala wiegt, und als ich einmal aus der Schule kam, hing ein gelber Post-it-Zettel an unserer Haustür mit der Aufschrift »Hier wohnt eine Bettnässerin«, weil ich – ja, ich gebe es zu – aus Versehen im Schlaf ins Bett gepinkelt hatte, was aber weder vorher noch hinterher jemals wieder passiert ist. Echt jetzt.

Ich nehme das nicht so schwer. Wie gesagt, ich bin daran gewöhnt. Aber es war mir schon ein bisschen peinlich, als unser Nachbar von oben klingelte und mir eine Plastikunterlage überreichte.

Während ich frühstückte und Mikala weiter mit mir redete und nach jedem Satz Pupsprinzessin sagte, musste ich ständig an Marcel denken. Ich hatte Mama und Mikala nichts von meinem Busausflug erzählt. Und schon gar nicht, dass ich mit einem fremden Mann in Unterwäsche Pralinen gegessen hatte. Aber seither geisterte er durch meine Gedanken.

Seltsame Vorstellung, dass man irgendwann sterben wird. Zu wissen, dass es bald so weit sein wird. Was hatte er wohl? Was dachte er wohl? Und warum war Maja nicht gekommen?

»Also, Pupsprinzessin«, sagte Mama ziemlich laut, als hätte sie es schon ein paarmal gesagt.

Ich schaute hoch.

Sie lächelte mich an, dann stand sie auf, drückte mir einen Kuss auf den Kopf, trug ihre Tasse zur Spüle und öffnete das Küchenfenster. Sie nahm sich eine Zigarette und schaffte es beim vierten Versuch, sie anzustecken.

»Du musst heute Abend allein essen«, sagte sie und hielt das Feuerzeug gegen das Licht, um zu gucken, ob es leer war. »Ich habe dir Geld auf die Kommode gelegt. Heute ist Großtauschtag.«

Würde man eine Top-5-Liste über Mikalas Lieblingsereignisse im Laufe eines Jahres erstellen, sähe sie ungefähr so aus:

1. Mikalas Geburtstag UND Weihnachten (sie kann sich unmöglich dazwischen entscheiden)
2. Ihr Nicht-mehr-Nägelkauen-Jahrestag
3. Großtauschtag
4. Der halbjährliche Tag der offenen Tür an ihrer Arbeitsstelle
5. Jubiläen bei Fakta (= Zimtröllchen zum Spottpreis)

Großtauschtag ist, wenn der Landesverband der Rezeptkuvertsammler in irgendeinem Kulturhaus in Kopenhagen oder Umgebung eine Tauschbörse veranstaltet. Dann bringt Mama Mikala dorthin. Immer. Wobei Mikala nur selten etwas tauscht, denn nur die wenigsten haben Kuverts im Angebot, die sie noch nicht besitzt. Aber es gibt Kuchen und Tee für zwanzig Kronen und achtzigjährige Damen, die Mikalas Sammelmappen stundenlang vorwärts und rückwärts durchblättern. Und sie haben unter Garantie allesamt *Matador* gesehen.

»Sag mal, musst du nicht langsam los?«, fragte Mama

und löschte die Zigarette unter dem Wasserhahn. »Es ist halb acht.«

Ich schleuderte Schälchen und Löffel in die Spüle, raste ins Bad, putzte mir die Zähne und spritzte mir Wasser ins Gesicht, alles in unter einer Minute.

»Ich fahre dich«, sagte Mama, während sie sich anzog. »Hier.« Sie gab mir meine Jacke und 150 Kronen, eingewickelt in einen Zettel. »Gehst du nachher bitte noch einkaufen? Wir brauchen Toilettenpapier.«

Ich steckte Geld und Zettel in die Jackentasche und schlüpfte in meine alten Sneaker. Dann half ich Mikala, die mit dem Reißverschluss ihrer Jacke kämpfte. Schließlich gingen wir.

»Danke für die Hilfe, Pupsprinzessin. Wo bleibst du, Fettsack?«, rief Mikala grinsend im Treppenhaus.

Kapitel 12

Philosophische Gedanken

Es war ein echter Montag. Als Allererstes eine erstickende Autofahrt. Mama raucht immer, wenn sie hinter dem Steuer sitzt. Sie behauptet, mit Zigarette würde sie sicherer fahren. An diesem Morgen wollte sie offenbar besonders sicher sein – obwohl Mikala und ich hinten hustend und röchelnd aus den Fenstern hingen.

Ich war dann zwar pünktlich an der Schule, aber direkt, als ich aus dem Auto stieg, trat ich in einen frischen, glänzenden Hundehaufen, so einen richtig schmierigen, und ich verbrachte mehrere Minuten damit, ihn von der Schuhsohle zu kratzen.

Während ich also meinen Fuß über die Bordsteinkante zog, kam Philip aus meiner Klasse und war gerade noch rechtzeitig auf der richtigen Höhe, um zu hören, wie Mikala »Bye bye, Pupsprinzessin« rief, bevor das Auto um die Ecke verschwand. Kombiniert mit dem Mief, der von meinem Schuh aufstieg, als ich in die Klasse kam, sorgte das natürlich dafür, dass er mich den ganzen Tag lang irgendwas mit »Pups« nannte, obwohl die anderen Mädchen nicht aufhörten, ihm zu sagen, er solle die Klappe halten.

Es war einfach nur plump und bescheuert, das weiß ich selbst. Wie viele Mädchen in der 7. Klasse finden so was schon ernsthaft witzig? Trotzdem grinste ich und tat so, als wären seine Sprüche total originell. Auf diese Weise bringt man so was am schnellsten hinter sich.

Es ist ja auch nicht so, dass ich normalerweise viel geärgert werde. Ich bin ziemlich gut darin, überall irgendwie mitzumischen und gut Freund mit allen zu sein, ohne irgendjemanden den anderen vorzuziehen. Auf diese Weise vermeide ich den meisten Mist.

Philip hingegen bekommt den Preis als nervigster Junge der Klasse. Er reißt ständig die Klappe auf, obwohl er keine Ahnung hat, wovon er gerade spricht, und wenn er lacht, klingt er nicht nur wie ein Esel, sondern sieht auch so aus. Seine Schneidezähne stehen ein bisschen zu weit vor, aber meistens versucht er, sie hinter den Lippen zu verstecken. Das sieht nur leider ziemlich dämlich aus und erinnert mich immer an Tommy aus den Pippi-Langstrumpf-Filmen – also wenn man davon absieht, dass Philip ausschließlich schwarze Klamotten trägt, was übrigens auch hässlich ist. Aber das Schlimmste an ihm ist und bleibt, dass ich jedes Mal den Kopf wegdrehen muss, wenn er mich mit seinen großen, dummen braunen Augen ansieht. Ich bin seit der zweiten Klasse in ihn verliebt.

In der Pause verkündete er dann, dass er seinen Geburtstag feiern würde, und zwar am Samstag in vierzehn Tagen. Die ganze Klasse war eingeladen. Es sollte Essen, Tanz, Disco und alles Mögliche geben.

Die Mädchen wuselten sofort alle zusammen in eine Ecke, und Sigrid bot allen an, ihnen Partyfrisuren zu machen. Emily flüsterte, dass sie mit Frederik tanzen würde – oder mit Kalle, falls Frederik nicht kommen sollte. Frida und Johanne klatschten sich ab, weil sie uns allen zeigen könnten, was sie im Funk-Dance gelernt hatten, oder wie das hieß.

Ich wusste schon, dass ich nicht hingehen konnte, weil an demselben Samstag Tag der offenen Tür in Mikalas Werkstatt war – mit Verkaufsständen und einem Buffet, zu dem jeder etwas beisteuerte. Ich hatte versprochen, für die Veranstaltung einen Drømmekuchen zu backen. Aber als Philip mir die Einladung überreichte, stockte er für einen Moment und sah mich an, ganz komisch konzentriert, und sagte, er hoffe wirklich, dass ich kommen würde. Darüber musste ich ziemlich lange nachdenken. Das heißt, in Wahrheit sorgte es eher dafür, dass ich für mehrere Stunden *überhaupt* nichts Vernünftiges mehr denken konnte und deshalb keine Ahnung hatte, was den restlichen Tag über an der Tafel vor sich ging.

Als ich gegen zwei Schulschluss hatte, stand Papa vor der Schule und wartete.

»Und, wie gehts?«, sagte er. »Ich dachte, du hast vielleicht Lust auf heiße Schokolade?«

Wir setzten uns auf die übliche Bank im Park. Aus irgendeinem Grund waren an diesem Tag keine Tauben da, aber in der Nähe saß eine Elster und pickte an einem Klecks Kotze.

Weil keiner von uns etwas sagte, wanderten meine Gedanken wieder zu Marcel. Ich fragte mich, was ich selbst gerne noch tun würde, wenn ich wüsste, dass ich in einem Monat sterben würde. Zum Beispiel war ich noch nie in einem Flugzeug geflogen und ich hatte noch nie jemanden geküsst. Ich hatte noch nie jemandem gesagt, dass ich ihn oder sie liebe. Nicht einmal meiner Mutter oder Mikala. Nicht, weil ich sie nicht lieb hatte, sondern weil es ganz einfach nicht zu den Dingen gehörte, die wir uns so normalerweise sagten. Ich überlegte kurz, ob ich es zu Papa sagen sollte, aber das wäre vielleicht doch irgendwie seltsam gewesen.

In dem Moment legte er den Arm um mich und tätschelte mir die Schulter. »Du, ich werde gerade ganz philosophisch«, sagte er und zeigte auf die Elster. »Stell dir mal vor, man wäre dieser Vogel und würde jetzt da sitzen und Kotze essen. Was meinst du?« Er richtete sich auf und spuckte auf den Boden. »Igitt!« Er spuckte ein paarmal. »Bäh, pfui Teufel!«

Als wir uns trennten, hatte ich noch dreißig Kronen für den Einkauf. Ich überlegte, eine Dose Thunfisch zu kaufen, die ich einfach über ein paar Nudeln kippen konnte. Oder vielleicht ein Glas Pesto. Aber auf dem Heimweg kam ich am Bäcker vorbei und im Fenster lagen die größten und schönsten Kartoffelkuchen mit Marzipan und Kakaopulver. Da überlegte ich, ehrlich gesagt, nicht lange. Ich ging einfach rein und kaufte einen. Dann stieg ich in den Bus.

Kapitel 13

Kartoffelkuchen und anderes

»Na, das ging ja schnell.« Marcel saß aufrecht in seinem Bett und aß, als ich in sein Zimmer kam.

Er hatte einen Teelöffel in der Hand und Schlagsahne im Bart, und mein Blick fiel sofort auf den Teller mit einem ziemlich dicken Kartoffelkuchen – oder das, was davon übrig war – auf dem hohen Nachttisch neben seinem Bett.

»Störe ich?«, fragte ich und versteckte die Schachtel vom Bäcker hinter meinem Rücken.

Ich glaube, ich lief auch ein bisschen rot an, denn plötzlich wurde mir natürlich klar, dass das mit dem Kuchen bestimmt ein Scherz gewesen war, und kam mir ziemlich dumm vor.

»Nein, gar nicht.« Marcel zeigte auf die Schachtel. »Hast du da einen Kartoffelkuchen dabei? Das ist aber nett von dir. Eine der Schwestern hat mir diesen hier bei Føtex gekauft.«

Er lud sich noch einen Löffel voll, während ich in der Tür stehen blieb.

»Sag mal, bist du da festgewachsen?« Marcel winkte mich mit dem Teelöffel zu sich. »Komm ruhig her mit dem Prachtstück. Ach, und sag mal, kennst du das?«

Marcel fing an zu singen:

»Sugar.

Dada dada dadaa.

Honey, honey.

Dada dada dadaa.

You are my candy girl …«

»Jep, kenne ich«, sagte ich, bevor er mit Singen fertig war.

Es war ein alter Song aus den 60ern. Oma hatte ihn mir oft vorgespielt, und Mikala wurde immer ziemlich fuchsig, weil es keinen Song mit ihrem Namen gab.

Marcel lächelte und stürzte sich auf Kartoffelkuchen Nr. 2.

Er knöpfte ihn sich direkt in der Schachtel vor und lud sich den Löffel richtig voll, sodass er kaum in den Mund passte. Es sah, ehrlich gesagt, ziemlich unappetitlich aus.

»Sie sagen, ich darf absolut alles essen, was ich will«, erklärte er mit vollem Mund. »Mein Appetit ist nicht besonders groß, da heißt es, Kalorien reinbekommen.«

»Okay.« Ich nickte. »Tut dir eigentlich irgendwas weh?«

Ich dachte, dass man doch bestimmt Schmerzen hatte, wenn man bald sterben sollte.

»Nö.« Marcel schmatzte ein bisschen. »So richtige Schmerzen habe ich nicht, das geht schon in Ordnung.«

Er hielt inne und schien irgendeinen Punkt hinter mir anzustarren. »Aber einigen wir uns darauf, dass es besser sein könnte«, sagte er.

»Oh, mama huhu!«, platzte ich heraus.

»Wie bitte?« Für einen Moment hörte Marcel auf zu kauen und legte den Löffel ab.

»Mama huhu«, wiederholte ich. »Das heißt Pferd, Pferd, Tiger, Tiger auf Chinesisch und bedeutet, dass etwas nicht so richtig gut ist, aber auch schlimmer sein könnte.«

»Aha.« Marcel hob die Augenbrauen und wischte sich den Mund mit einer rosaroten Serviette ab. »Das muss ich mir merken.«

Er aß weiter, und ich stellte mich ans Fenster und guckte raus. Ein paar Spatzen hüpften fröhlich in der Hecke herum, das Laub war schon ziemlich braun geworden.

»Du hast eine Hasenscharte«, sagte Marcel auf einmal.

»Ja, ich bin damit auf die Welt gekommen«, antwortete ich. Als ob er sich ernsthaft fragen könnte, inwieweit ich mir das freiwillig ausgesucht hatte.

Ich drehte mich zu ihm um.

»Steht dir gut«, sagte er und nickte. »Macht dich irgendwie tough. Auf eine gute Art. Bist du das?«

»Nö«, sagte ich. »Leider.«

Marcel blickte mich an. Ernst.

»Ich glaube schon, dass du das bist«, sagte er. »Ich glaube, ich kann das spüren. Hab ich dir schon gesagt, dass das ein vorzüglicher Kuchen ist, den du da mitgebracht hast? Besser als von Føtex, soll ich ausrichten.«

Er stellte die Kuchenschachtel auf den Nachttisch und schob sie beiseite. Er hatte eine ganze Menge übrig gelassen. Dann lehnte er sich im Bett zurück und starrte an die Decke.

»Maja ist nicht gekommen«, sagte er nach einer Weile seufzend und sah mich an. »Ich hatte recht. Sie hatte gar nicht vor, mich zu besuchen.«

»Oh«, sagte ich. »Bist du deshalb traurig?«

Marcel zuckte mit den Schultern.

»Ich habe nicht damit gerechnet, dass sie wirklich hier auftaucht.« Er sah aus, als würde er versuchen, in sich hineinzuhorchen. »Ich wüsste auch gar nicht, worüber ich mit ihr hätte reden sollen. Es ist so lange her. Aber ich bin ja auch gedopt, also wer weiß schon, was ich wirklich fühle?«

»Gedopt?« Meine Stimme klang ziemlich skeptisch, denn ich musste an irgendwas mit Fahrradrennen bergauf und bergab denken und an Männer in engen, glänzenden Klamotten, aber Marcel nickte.

»Mit Glückspillen«, erklärte er. »Die sind echt spitze. Man bekommt sie, wenn man bald stirbt.« Er hob sein Deckbett ein wenig an und setzte sich bequemer hin. »Allerdings machen sie einen gar nicht glücklich. Eher so ein Mittelding. Nicht *richtig* froh, aber auch nicht *rich-*

tig unglücklich. Eigentlich ganz geschickt. Es erleichtert auch den Krankenschwestern das Leben, das darfst du nicht vergessen. So sind sie nicht die ganze Zeit damit beschäftigt, uns die Nasen zu putzen.«

Ich stand da und wusste nicht so recht, was ich sagen sollte. Unter anderem, weil ich mir nicht sicher war, ob das ein Witz gewesen war oder nicht.

»Man hat aber doch ein Recht auf seine Gefühle«, sagte ich vorsichtig.

»Tja.« Marcel lächelte schief. »Aber das andere ist leichter.«

»Hm.« Ich spielte an einer Schraube im Bettgitter herum. »Aber wieso ist Maja nicht gekommen?«

Marcel seufzte wieder, dieses Mal laut und tief.

»Das ist eine lange Geschichte«, sagte er.

Ich lächelte jetzt auch, ließ mich auf einen der beiden Sessel im Zimmer fallen und knöpfte meine Jacke auf. Zu dem Sessel gehörte auch ein Fußschemel, und ich zog mir mit den Füßen die Schuhe aus und machte es mir gemütlich.

»Heute habe ich es nicht eilig«, sagte ich. »Erzähl einfach.«

Kapitel 14
Marcels Geschichte

Marcel fing an zu erzählen, wie er sich vor einigen Jahren mit seiner Tochter überworfen hatte. Genau genommen mit beiden Töchtern, Trille und Sanne, aber Trille war inzwischen tot. Das war eine andere Geschichte und die bekam ich nicht zu hören.

Er schwieg und sah aus dem Fenster, als er das gesagt hatte, kniff den Mund auf eine ganz eigenartige Weise zu und stieß Luft durch die Nase. Ich konnte also deutlich sehen, dass ich besser nicht weiter nachfragen sollte.

Aber eigentlich ging es ja auch darum, dass Marcels Frau Birthe, Trille und Sannes Mutter, gestorben war, was selbstverständlich sehr traurig gewesen war. Aber kurz nach ihrem Tod hatte Marcel eine andere Dame kennengelernt, die Jolanta hieß und aus Polen kam. Sie war jung und hübsch und Marcel und sie wurden ein Liebespaar. Sie waren sehr glücklich und übermütig und flogen dreimal hintereinander mit nur jeweils einer Woche Pause nach Gran Canaria, und nach fünf Monaten heirateten sie. Das fanden Sanne und Trille allerdings überhaupt nicht witzig. Sie waren der Ansicht, dass Birthe die einzig Richtige für Marcel gewesen war. Und dann gab es auch noch Ärger wegen der Frage, wer etwas erben sollte, wenn Marcel irgendwann sterben würde. Marcel fand nämlich, dass Jolanta das Erbe bekommen sollte, weil sie immerhin seine Ehefrau war, aber Sanne und Trille meinten, dass ihnen das Erbe zustand. So fing alles an.

Später fand Jolanta dann einen anderen Mann. Einen großen, gut aussehenden Bibliothekar mit eigenem Reihenhaus in Vallensbæk. Und sie und Marcel wurden geschieden. Da war Marcel plötzlich ganz allein.

Er fing an, sich zu langweilen und in eine Kneipe zu gehen, wo sie diese einarmigen Banditen hatten, an denen er spielte und ab und zu ein bisschen Geld gewann. Das, fand er, war ziemlich lustig. Nicht so lustig, wie mit Jolanta auf Gran Canaria zu sein, aber immerhin.

Also ging er immer öfter in die Kneipe, und irgendwann fing er an, auch andere Spiele um Geld zu spielen, und *so kam eins zum anderen,* wie er es ausdrückte. Er trank auch ein paar Bier, aber mehr nicht. Am Ende konnte er trotzdem nicht mehr damit aufhören, um Geld zu spielen, obwohl es wirklich nicht besonders gut lief und er auch gar kein Geld mehr zum Zocken hatte.

Also verkaufte er eine Menge Sachen, um weiterspielen zu können. Zum Beispiel hatte er einen ordentlichen

Berg königliches Porzellan zu Hause, weil er selbst mal königlicher Porzellanmaler gewesen war – genau wie sein Vater.

Das erzählte er mit einem gewissen Stolz und richtete sich dabei auch ein wenig im Bett auf. Aber all das Porzellan, das offenbar besonders kostbar war, hatte er verkauft. Bis auf einen Teller, den man an die Wand hängen konnte und den sein Vater für ihn bemalt hatte, als er und Birthe heirateten. Das war eine Familientradition. Marcel hatte zu Trilles Hochzeit auch einen bemalt. Nur Sanne hatte keinen bekommen, weil sie nicht verheiratet war, obwohl sie und ihr Mann schon lange zusammenlebten und Maja hatten.

Marcel hatte erfahren, dass die beiden nächsten Sommer heiraten wollten. Bis dahin würde er schon längst nicht mehr da sein, aber er war sich ohnehin nicht sicher, ob er zum Fest eingeladen worden wäre, wenn es dann so weit war.

Damals ging es immer weiter bergab mit seinem Spielen und seinen Finanzen. Marcel nahm wieder Kontakt zu seinen Töchtern auf, mit dem heimlichen Ziel, sich von den beiden Geld zu leihen. Sanne gab ihm einen größeren Betrag, den er aber nicht wie vereinbart zurückzahlte, und eines Tages, als er bei Sannes Familie zu Hause war, mopste er sich sogar ein paar Scheinchen aus Majas Seehund-Spardose. Und *da* war die Grenze erreicht!

(Ehrlich gesagt, fand ich das auch ziemlich heftig, als er es erzählte.)

Das war jetzt einige Jahre her. Marcel spielte nicht mehr. Als Trille gestorben war, hatte er eine Therapie angefangen und damit aufgehört. Sanne und er wurden trotzdem keine richtigen Freunde mehr. Marcel hatte sich zwar bei ihr entschuldigt, aber seine Schulden hatte er noch immer nicht zurückbezahlt. Er wusste ja selbst, dass das wirklich mies war, aber er hatte das Geld nicht. Andererseits hätte Sanne seiner Meinung nach auch ruhig ein bisschen mehr Verständnis für ihn aufbringen und ihm vielleicht sogar helfen können, nachdem er mit der Spielerei aufgehört hatte. Ganz zu schweigen von der Angelegenheit mit Jolanta.

»Aber jetzt liege ich hier«, sagte Marcel schließlich. »Und wenn ich damit fertig bin, kann Sanne meine Wohnung verkaufen, und dann bekommt sie ihr Geld zurück. Das ist immerhin etwas.«

Für ein paar Minuten schwiegen wir beide. Marcel starrte auf den ausgeschalteten Fernseher an der Wand, ich guckte nur ein bisschen in der Gegend herum.

»Was hast du eigentlich?«, fragte ich.

»Krebs.« Marcel klopfte auf das Bettgitter. »Im Hintern, wenn du es genau wissen willst. Aber jetzt ist es ja bald vorbei. Deshalb bin ich schließlich hier.«

»Merkst du was davon?«, fragte ich.

Marcel nickte.

»Ja. Aber das ist nichts, womit ich dich behelligen will.«

»Woran denkt man denn?«, fragte ich. »Also, wenn

man weiß, dass man bald stirbt. Hast du Angst? Gibt es etwas, das du vorher gern noch erledigen würdest?«

Marcel sah aus, als würde er ein bisschen nachdenken. Dann schüttelte er den Kopf.

»Nein«, sagte er. »Ich habe keine Angst. Ich glaube nicht, dass nach dem Tod noch etwas kommt. Ich glaube, das Licht geht aus und dann ist es vorbei. Wie bei einem Kühlschrank. Das kann ja nicht so schlimm sein. Es gibt viele Dinge im Leben, die schwerer sind. Sterben gehört bestimmt eher zu den leichten Dingen. Und im Hinblick auf das andere – das ist wohl gelaufen. Mehr schaffe ich nicht. Ich bin fertig.«

»Gibt es wirklich *gar nichts*?«, versuchte ich es noch einmal. »Was ist mit Maja? Oder Sanne? Würdest du die beiden nicht gern sehen?«

Marcel zuckte mit den Schultern.

»Nicht, wenn sie nicht wollen«, sagte er. »Es ist, wie es ist. Ich kann es jetzt nicht mehr ändern. Und vergiss nicht, ich weiß selbst nicht, was ich fühle. Wegen dieser Glückspillen, du weißt schon. Das ist praktisch.«

Mir fiel auf, dass es schon ziemlich spät geworden war. Ich zog meine Schuhe an und wollte gerade gehen, als eine weiß gekleidete Frau ins Zimmer kam.

»Na, so was, hallo«, sagte sie zu mir und lächelte. »Ich wusste nicht, dass Besuch da ist. Ich heiße Lone. Ich bin die Nachtschwester.«

Sie kam zu mir und gab mir die Hand. Ich stand auf

und zog meine Jacke über. Sie fragte Marcel, ob er sein Abendessen haben wollte, aber er wollte nicht.

»Ich gehe nicht davon aus, dass wir uns wiedersehen«, sagte er, als wir uns verabschiedeten. »Aber es war sehr nett von dir, mit dem Kuchen vorbeizukommen.«

Kapitel 15

Ein friedlicher, ruhiger Abend mit Makrele

Als ich zu Hause in die Wohnung kam, saßen Mama und Mikala im Wohnzimmer und guckten *Matador*. Mikalas Hand steckte in einer Tüte Zimtröllchen und sie kaute mit vollem Mund. Mama trank Kaffee und drückte gerade eine Kippe im Aschenbecher aus.

»Wo warst du?«, fragte sie, als ich den Kopf ins Zimmer steckte. »Wir haben uns schon Sorgen gemacht. Wir müssen ja gleich los.«

Ich warf meine Jacke in die Diele und setzte mich zu ihnen. Mama legte einen Arm um meine Schulter.

»Hattest du einen schönen Tag?«, fragte sie und gab mir einen Kuss.

»Mm«, sagte ich und schaute ein bisschen zum Fernseher. »Ich bin auf Philips Geburtstagsparty eingeladen. So mit Disco und allem, bei ihm zu Hause. Aber das ist an dem Samstag, an dem wir in Mikalas Werkstatt müssen.«

»Ach ja?« Mama sah mich forschend an. »Würdest du denn gern auf die Party gehen?«

»Das geht nicht«, sagte Mikala sofort. »Ich habe gesagt, wir kommen zu dritt. Ich habe gesagt, *wir* drei kommen.«

Ich schnappte ihr die Tüte aus der Hand und steckte mir zwei Zimtröllchen auf einmal in den Mund.

»Entspann dich«, sagte ich schmatzend, und dabei flogen mir Krümel aus dem Mund. »Natürlich komme ich mit.«

»Ist Philip nicht der Junge, der immer ganz in Schwarz rumläuft? Der mit den Zähnen?«, fragte Mama kurz darauf und machte einen gewaltigen Überbiss nach, sodass ich gar nicht anders konnte, als zu lachen, aber eigentlich war ich in Philips Namen ein bisschen beleidigt.

»Himmel.« Mama schaute auf ihr Telefon. »Verflixt. Mikala, wir müssen los. Vor zehn Minuten.«

Sie fragte, ob ich ans Einkaufen gedacht hatte, und ich sagte Nein, versprach ihr aber, noch Toilettenpapier zu besorgen. Das war überlebenswichtig. Wir hatten überhaupt keins mehr, nicht mal mehr Küchenrolle.

Dann fragte sie, ob ich was gegessen hätte, was ich bejahte. Ich behauptete, ich hätte auch für Emily aus meiner Klasse einen Döner gekauft.

Keine Ahnung, wieso mir ausgerechnet Emily eingefallen war. Vielleicht, weil sie immer gigantische Mengen verdrückt, was auf einem unserer Klassenausflüge sogar meiner Mutter aufgefallen war. Dann sagte ich noch, ich hätte Emily eine Tafel Schokolade gekauft und einen halben Nusszopf. Mag sein, dass das vielleicht ein bisschen übertrieben war, aber für irgendwas musste ich die 150 Kronen ja ausgegeben haben. Ich hatte nur noch etwas über zwanzig Kronen übrig.

»Sag mal, was hast du dir dabei denn nur gedacht?«, fragte Mama. »Hältst du uns für Millionäre? Emily ist doch für ihr Essen selbst verantwortlich. Das war echt daneben, Honey.«

Zum Glück hatte sie es zu eilig, um mir die volle Ladung zu verpassen. Ich betete, dass wir noch Milch hatten, dann konnte ich mir zum Abendessen Haferbrei machen.

Als Mama und Mikala weg waren, lief ich schnell in den Supermarkt, um Toilettenpapier zu besorgen, und deckte mir anschließend in der Küche den Tisch.

Die Milch reichte leider nicht mehr, aber ich entdeckte eine Dose Makrelenfilets und eine Packung Reiswaffeln im Schrank. Zum Nachtisch gab es noch ein paar Zimtröllchen.

Auf dem ganzen Tisch verteilt, standen und lagen Farbdosen, Pinsel und Holzbrettchen herum, mit denen Mikala sich offenbar den Nachmittag über beschäftigt hatte. Ab und zu malte sie auch in ihrer Freizeit.

Gerade arbeitete sie offenbar an einem Schild, auf dem in feiner Schreibschrift »Pupsprinzessin« stand, verziert mit niedlichen lila Blümchen. Ich ging davon aus, dass es für mein Zimmer gedacht war, und musste grinsen. Das war wohl auch nicht schlimmer als ein Schild mit der Aufschrift »WC«.

Daneben lag eine Tüte aus dem Bastelladen, in dem sie die Farben gekauft hatte, zusammen mit einem Katalog.

Ich fing an, darin zu blättern. Es war unglaublich, wie viele hässliche Dinge es gab und dass man wirklich Leute dazu bringen konnte, so etwas *selbst* zu machen und noch dazu ein Vermögen dafür auszugeben.

Den Rest des Abends verbrachte ich auf dem Sofa vor dem Fernseher und dachte an Marcel und seine Töchter, an Maja und Jolanta und den Bibliothekar und all das andere. Ich wurde die Gedanken gar nicht mehr los.

Es war so eine traurige Geschichte – dass er auf diese Weise seine Familie verloren hatte. Aber irgendwann schlief ich ein. Bis Mama und Mikala nach Hause kamen.

Sie erzählten lautstark vom Sammlertreffen und dem Hauptereignis des Abends, als nämlich einer der Teilnehmer sein Hörgerät verloren hatte und alle auf dem Boden herumgekrochen waren, um es zu suchen. Schließlich tauchte es wieder auf, aber es war total im Eimer. Eine Dame namens Hetty war aus Versehen mit ihrem dreirädrigen Elektroroller drübergefahren.

Wie gewöhnlich hatte Mikala kein einziges Kuvert getauscht, aber es hatte einen wahnsinnig leckeren Sandkuchen gegeben und Tee mit Waldbeergeschmack.

Gegen elf gingen wir alle drei ins Bett, aber gegen Mitternacht stand ich wieder auf und holte mir den Katalog aus dem Bastelladen.

Ich dachte immer noch an Marcel. Ich fand einfach keine Ruhe.

Kapitel 16

Meine gute Idee

»Das gibt's doch nicht.« Marcel brummte heiser und lächelte ein bisschen, als er mich sah.

Er lag flach im Bett, seine Augen waren ganz klein, er sah aus, als sei er eben erst aufgewacht, obwohl es kurz nach drei am Nachmittag war.

»Hast du wieder Kuchen mitgebracht?«

»Nee«, sagte ich mit einem gewissen Stolz und schwenkte eine Plastiktüte. »Ich habe was Besseres.«

Ich legte die Tüte auf seine Decke und fing sofort an, den gesamten Inhalt auszupacken: Pinsel, einen großen weißen Teller, Porzellanfarbe in sechs verschiedenen Farbtönen und zu guter Letzt eine Packung mit allem, was man brauchte, um einen Filzwichtel auf Skiern zu basteln.

Den Teller hatte ich bei uns zu Hause in der Küche gefunden, den Rest hatte ich in Mikalas Lieblingsbastelladen gekauft. Ich hatte mein gesammeltes Kleingeld dafür ausgegeben, das eigentlich für Weihnachtsgeschenke gedacht gewesen war. Die Packung mit dem Wichtel hatte ich überhaupt nicht haben wollen, aber die Verkäuferin erzählte mir so begeistert, wie jeder der Angestellten bei der letzten Personalversammlung einen gebastelt hatte, und zeigte mir, wo sie jetzt standen und den Laden verschönerten, obwohl noch ein paar Monate Zeit bis Weihnachten waren.

Hätte ich keinen gekauft, hätte ich ihr genauso gut sagen können, dass ich die Wichtel furchtbar hässlich fand und all ihre Bemühungen bei der Personalversammlung vergebens gewesen waren.

»Du sollst einen Hochzeitsteller für Sanne malen«, sagte ich zu Marcel. »Sie braucht ihr Geschenk. Genau wie Trille.«

Marcel seufzte geräuschvoll und sah glatt noch müder aus als ohnehin schon. Im Vergleich zum letzten Mal wirkte er grau und schlaff, und ich muss zugeben, dass ich ein bisschen unsicher wurde, obwohl die Idee eigentlich fabelhaft war.

»Das wird total lustig«, sagte ich vorsichtig. »Wir gründen so eine Art Hobbyclub. Ich bastele in der Zeit den Filzwichtel hier.«

Ich wedelte mit dem Wichtel-Set und fing an, die Packung aufzuknibbeln.

»Ich glaube nicht«, setzte Marcel an, aber dann verstummte er und blieb einen Augenblick ganz still liegen. Er sah mir in die Augen.

»Ich komme und helfe dir dabei, bis du fertig bist«, sagte ich. »Versprochen.«

Er blieb noch ein paar Sekunden liegen, dann schüttelte er den Kopf und holte tief Luft. Er streckte die Hand aus und zog an der Schnur, die hinter dem Bett an der Wand hing.

»Ach, Honey«, sagte er. »Du bist mir vielleicht eine. Ich glaube, ich sollte mich wohl besser aufsetzen.«

Ein Krankenpfleger kam ins Zimmer. Der, der mich beim ersten Mal zu Marcel gebracht hatte. Er gab mir die Hand und stellte sich vor. Er hieß Thomas.

Er half Marcel beim Aufsetzen und stopfte ihm ein paar dicke Kissen in den Rücken. Dann brachte er uns beiden Wasser für die Pinsel und ein paar Zeitungen, um damit die Bettdecke zu schützen. Er fand die Idee mit dem Teller große Klasse. Wir sollten einfach Bescheid sagen, falls uns noch was fehlte.

»Sag mal, kümmerst du dich immer so um andere?«, fragte Marcel, als wir wieder allein waren.

Er rührte mit dem Pinsel in der blauen Farbe herum, als wüsste er nicht so recht, wo er anfangen sollte. Ich selbst war gerade damit beschäftigt, mir einen Überblick über die Wichtelteile zu verschaffen, die kreuz und quer auf meinen Beinen lagen.

»Als du das erste Mal hier warst, musstest du nach Hause, um für deine große Schwester zu kochen«, fuhr er fort. »Das machst du wohl öfter?«

»Puh, ja«, sagte ich. »Jeden Tag. Und ich bin zuständig fürs Kuchenbacken, wenn ihre Werkstatt nächste Woche Tag der offenen Tür hat.«

Ich erzählte von Mikala und der Behindertenwerkstatt und auch, dass sie und Marcel gewissermaßen aus derselben Branche kamen. Dass sie saugut »WC« malen konnte. Zwar nur auf Holzschildern, aber trotzdem. Marcel zog die Augenbrauen hoch und nickte beeindruckt.

»Ich muss schon sagen«, brummte er.

»Außerdem hat Philip aus meiner Klasse uns zu einer Party eingeladen«, sagte ich dann.

»Ach ja?« Marcel überwand sich endlich und zog den ersten Pinselstrich über den Teller.

»Das ist verflixt nett von ihm, aber ich fürchte, dass ich dieses Mal wohl leider passen muss.«

Er lächelte mich an.

»Ach so, nee, ja, also uns aus der Klasse«, sagte ich und steckte einen Pfeifenreiniger in den runden Holzkopf des Wichtels, genau, wie es in der Bastelanleitung beschrieben war. »Ich meine, an dem Tag, an dem ich Mikala in die Werkstatt begleiten muss. Aber ich bin bei solchen Festen sowieso nie dabei.«

Marcel hob den Kopf.

»Das klingt mir aber doch ein bisschen nach, wie war das noch ... Pferd, Pferd, Tiger, Tiger?«, sagte er und zwinkerte. »Solltest du nicht feiern, solange du jung bist?«

»Ich weiß nicht.« Ich zuckte mit den Schultern und lächelte. »Eigentlich ist immer irgendwas mit Mikala.«

Für eine Minute zeichnete Marcel mit großer Konzentration weiter, dann wechselte er die Farbe. Seine Hand zitterte ziemlich und die Pinselstriche wurden sehr ungleichmäßig. Das ärgerte ihn, das sah man ihm an, aber er beschwerte sich vor allem über die miese Qualität der Farben. Die war weit entfernt von dem, was er gewöhnt war, sagte er. Aber es gelang ihm trotzdem »Sanne und Tim« mit großen, blauen Buchstaben zu schreiben, in Schönschrift. Und dazu noch ein paar andere Kleinigkeiten.

Nach einer halben Stunde konnte er nicht mehr und lehnte sich mit geschlossenen Augen in die Kissen zurück.

»Tut mir leid«, murmelte er. »Wir müssen ein andermal weitermachen. Sehen wir uns wieder?«

Er reichte mir den Pinsel, ohne die Augen aufzumachen.

»Natürlich«, sagte ich. »Das ist schließlich unser Hobbyclub.«

Er sagte nichts mehr. Vielleicht war er schon eingeschlafen.

Kapitel 17

Ein Kinobesuch, aus dem dann doch nichts wurde

Wenn es sich manchmal schon so anfühlt, als würden mich alle anstarren, weil ich die Einzige mit Lippen-Kiefer-Gaumenspalte in der Runde bin, dann versuch dir mal vorzustellen, wie es sich erst anfühlen muss, wenn man irgendwo mit einer ganzen Gruppe von Lippen-Kiefer-Gaumenspalten auftaucht. Ich muss wohl niemandem erklären, dass das eindeutig unter die Kategorie *viel zu viel* fällt.

Es war Zeit für den halbjährlichen Kinobesuch mit der Jugendgruppe des Vereins für Menschen mit Lippen-Kiefer-Gaumenspalte, und Mama hatte mich gezwungen, mitzugehen.

Ich bin sonst nicht besonders scharf auf solche Veranstaltungen, aber wir waren schon Mitglied in diesem Verein gewesen, als ich noch ein Baby war, und Mama fand es wichtig, den Kontakt zu den anderen zu pflegen.

Keine Ahnung, warum. Damit ich eines schönen Tages einen Mann mit Lippen-Kiefer-Gaumenspalte finde? Und wir dann ein großes Hochzeitsfest feiern können – nur mit Gästen, die auch eine Lippen-Kiefer-Gaumenspalte haben? Und dann kleine Monsterbabys mit Lippen-Kiefer-Gaumenspalte bekommen?

Ich fand das schwachsinnig, aber wenn ich Mamas Argumenten Abend für Abend über mehrere Wochen entgehen wollte, war es der einfachste Weg, mitzugehen. Außerdem bezahlte sie mir den Eintritt. Und ein mittelgroßes Popcorn-Menü mit Cola.

Das Ganze sollte im Palads-Kino in der Innenstadt stattfinden. Der Film fing um 20 Uhr an. Wir hatten uns um 19 Uhr vor dem Eingang verabredet, und als ich zehn Minuten zu spät ankam, sah die Treppe zum Eingang schon aus wie eine mittlere Freakshow.

Paula, neben der ich schon bei der letzten Veranstaltung gesessen hatte, obwohl ich sie eigentlich gar nicht kannte, winkte mir zu und lächelte.

Ich ging zu ihr und umarmte sie, das gehört sich so.

»Schön, dich zu sehen«, sagte sie.

»Gleichfalls!« Ich setzte mein breitestes Zahnpastalächeln auf, damit es auch wirklich so aussah, als würde ich es ernst meinen.

Alexander, ein erwachsener Ehrenamtlicher aus dem Verein, stand ganz oben auf der Treppe und versuchte, die Leute zusammenzutrommeln. Er hatte drinnen die Tickets gekauft und verteilte sie jetzt an alle, die schon erschienen waren. Ich stellte mich auf die Zehenspitzen und schnappte mir eins. Paula ergatterte ebenfalls eins und sagte dann, dass sie nur noch kurz auf die Toilette wollte, dann könnten wir zusammen Limo kaufen gehen.

»Wow«, sagte da eine Stimme hinter mir. »Was ist denn hier los?«

Ich drehte mich um und blickte direkt in Philips Visage und in die seines großen Bruders, Oskar, der eine Ecke älter ist als wir. Von allen Menschen dieser Welt – warum gerade die beiden?

Hier.

Jetzt.

»Hallo«, sagte ich und sackte ein bisschen in mich zusammen.

»Hallo, Pupsprinzessin.« Philip schlug mir auf den Rücken. »Wer sind die ganzen Leute, mit denen du hier bist?«

Alle beide, er und Oskar, standen da und glotzten, und ich konnte sie gut verstehen. Schiefe Nasen und große, flache Oberlippen mal fünfzehn oder sogar zwanzig.

»Nein, warte, lass mich raten«, sagte Philip, bevor ich antworten konnte. »Ihr wart drinnen und habt denselben Film gesehen, und als ihr rausgekommen seid, sahen alle so aus?«

Er lachte ziemlich laut über seinen eigenen Witz und ich lachte mit. Vor allem, damit er sich nicht so schlecht fühlte, wenn ihm irgendwann dämmerte, dass das, was er eben gesagt hatte, wirklich ganz schön geschmacklos war.

Oskar hingegen lachte nicht, sondern rammte Philip seinen Ellenbogen in die Rippen. Den »Man macht sich nicht über Leute mit Lippen-Kiefer-Gaumenspalte lustig«-Ellenbogen. Den kannte ich gut. Daneben gibt es auch noch eine »Es ist unhöflich, das Mädchen mit der Lippen-Kiefer-Gaumenspalte anzustarren«-Version, die eine Spur alltäglicher ist.

Schließlich hielt Philip tatsächlich die Klappe.

Das führte dazu, dass wir uns ein bisschen gegenüberstanden, ohne etwas zu sagen, was, ehrlich gesagt, ziemlich unangenehm war. Mir fiel auf, dass die beiden Brüder fast identische Zähne hatten, nur dass Oskar nicht diese Angewohnheit hatte, ständig sein Gebiss hinter den Lippen verstecken zu wollen. Philip sollte damit auch besser aufhören. So sah er viel süßer aus. Davon abgesehen, waren die beiden total unterschiedliche Typen. Philip wie üblich in Schwarz, Oskar in gelber Hose und karierter Jacke. Ich dachte, dass irgendein Mittelding zwischen den beiden wahrscheinlich optimal wäre.

»Na ja«, sagte ich irgendwann so ein bisschen abschließend.

Oskar knuffte Philip noch mal in die Seite und dann noch mal.

»Ach ja«, sagte Philip dann. »Kommst du eigentlich zu meiner Party? Du hast mir noch gar nicht geantwortet.«

Er schaute mich plötzlich so anders an – auf eine Art,

bei der mir sofort das Blut in die Wangen stieg. Ich hatte das seltsame Gefühl, er würde versuchen, mir eine geheime Botschaft mit den Augen zu schicken. Eine Botschaft, die ich überhaupt nicht deuten konnte, aber die mich total durcheinanderbrachte. Um ein Haar hätte ich gesagt, dass ich natürlich auf die Party kommen würde. Aber dann fiel mir zum Glück Mikala ein.

»Tut mir leid«, sagte ich und drehte mich nach ein paar Tauben auf dem Bürgersteig um. »Ich dachte, man sollte nur antworten, wenn man kommt.«

»Oh, okay.« Philip sah nach unten.

»Das ist aber schade«, sagte Oskar. »Es wird bestimmt megalustig. Was hast du denn vor? Kannst du das nicht absagen?«

»Nee, eher nicht.« Ich trat von einem Fuß auf den anderen. »Es geht um meine Schwester. Ist ziemlich ernst.«

Ehrlich gesagt, habe ich keine Ahnung, wie mir das Wort *ernst* rausrutschen konnte, obwohl ich eigentlich das Wort *wichtig* hätte sagen sollen.

Aber so war es eben, und ehe ich es zurücknehmen konnte, fragte Philip: »Ist sie krank?«

»Es ist doch hoffentlich nichts Schlimmes?«, fragte Oskar.

Sie schauten mich beide mit so einem Blick an. Fragend, durchdringend – *zu viel!*

Ich schüttelte den Kopf und hätte natürlich einfach diese Sache mit dem Tag der offenen Tür erklären und erzählen sollen, dass ich leider zu einem Fest an der Arbeitsstelle meiner Schwester musste und dass ich versprochen hatte, den Drømmekuchen zu backen, den Mikala so gern aß. Aber Philip sah meinetwegen auf einmal so besorgt aus – so besorgt, dass die ganze Geschichte eigentlich nur krachend schiefgehen konnte. Vielleicht hätte es ihn ja auch wahnsinnig enttäuscht, wenn ich ihm gesagt hätte, dass ich seinen Geburtstag gar nicht wegen etwas wirklich Wichtigem abgesagt hatte.

Und das war dann der Auslöser. Für die megafalsche Antwort.

»Ja, es ist was mit der Lunge«, sagte ich und räusperte mich. »Sie bekommt eine neue, oder wie man das sagt. Ausgerechnet an *dem* Tag.«

Also echt, Lunge!

Ich habe keine Ahnung, woher das kam.

Ich kenne niemanden, der ein Problem mit der Lunge hat. Am ehesten vielleicht noch die Cousine der Frau von Mamas Chef, von der ich irgendwann mal etwas in der Art gehört habe. Aber da war es wohl in Wirklichkeit auch eher die Niere, wenn man es ganz genau nehmen will.

»Oh, puh.« Oskar verzog das Gesicht, als hätte er auf irgendetwas Ekliges gebissen. »Das klingt wirklich nicht gut.«

»Hoffe, sie schafft es!«, sagte Philip. »Das wusste ich nicht.«

Paula war wieder aufgetaucht. Sie stand oben auf der Treppe und wedelte mit den Armen, weil ich kommen sollte. Aber die Blicke und der Ernst der beiden – kombiniert mit dem Bedürfnis, mir selbst wegen dieser Geschichte, in die ich mich da soeben hineinmanövriert hatte, auf die Füße zu treten – brachten mich stattdessen dazu, meine Kinokarte ganz tief in die Jackentasche zu schieben, den Reißverschluss zuzumachen und mich mit kleinen Schritten von der ganzen Angelegenheit zu entfernen.

»Ich habe es leider gerade ein bisschen eilig«, sagte ich, ohne den Blick zu heben. »Aber wir sehen uns ja.«

Paula rief mehrmals meinen Namen, ihre Stimme hallte über den Platz. Verständlich. Eigentlich wollten wir ja den Film zusammen sehen. Aber ich hatte die Situation einfach nicht mehr im Griff. Ich verschwand schnell um die Ecke zur nächsten Bushaltestelle. Dort wartete ich. Als der Bus kam, fuhr ich nach Hause. Mit einer gültigen Kinokarte in der Tasche.

Als ich zu Hause durch die Tür kam, musste ich mir irgendeine Geschichte einfallen lassen und erklärte Mama und Mikala, dass das Kino wegen eines Lecks in der Gasleitung geschlossen worden war. Mama fing sofort an, im Internet nach den entsprechenden Meldungen zu suchen, aber als sie nichts finden konnte, einigten wir uns darauf, dass es schließlich viel wichtiger war, dass es mir gut ging. Und dass ich es nicht mehr geschafft hatte, ein Popcorn-Menü zu kaufen, bevor es passiert war.

Kapitel 18
Die Vereinbarung

Wenn ich auf einer öffentlichen Toilette pinkeln muss, lege ich immer erst ein Stück Toilettenpapier in die Schüssel. Auf diese Weise verringere ich das Plätschern.

Natürlich ist mir bewusst, dass alle Menschen pinkeln und dass das auch bei allen ziemlich gleich klingt, trotzdem mag ich es nicht, wenn mir jemand dabei zuhören kann. Und Aa/Nummer zwei/Groß/Kacka – nenn es, wie du willst – kommt auf öffentlichen Toiletten überhaupt nicht vor, wenn man ich ist.

Im Landschulheim habe ich einmal eine ganze Woche eingehalten. Das heißt, die ersten fünf Tage hielt ich ein, und als ich am Wochenende nach Hause kam, *konnte* ich nicht mehr. Ich hatte Verstopfung bekommen, und Mama musste in die Apotheke und so ein ekelhaftes Pulver besorgen, das man in Wasser rühren und dann trinken sollte. Ich hatte für mehrere Tage die Bauchschmerzen des Todes. Und trotzdem. Würden wir morgen wegfahren, ich würde es wieder genauso machen. Hundertpro.

Als ich das nächste Mal bei Marcel ankam, war er gerade auf dem Klo. Die Tür stand sperrangelweit offen, und Thomas half ihm dabei, aufzustehen. Obwohl ich mich bemühte, nicht hinzuschauen, konnte ich trotzdem sehen, dass er ihm eine Windel anzog.

Darüber dachte ich ziemlich lange nach. Erwachsen zu sein und eine Windel zu tragen. Ich ging davon aus, dass es etwas mit der Krankheit zu tun hatte. Immerhin hatte er Krebs im Hintern. Ich fragte mich, wie Marcel sich wohl dabei fühlte, wenn er auf der Toilette Hilfe von einem anderen Erwachsenen brauchte. Ich traute mich kaum, ihn anzusehen, als er fertig war.

Marcel schien es aber zum Glück nicht viel auszumachen. Er hatte ja auch »Komm einfach rein und setz dich« gerufen, als ich geklopft hatte. Und er lächelte, als Thomas ihn zum Bett zurückführte.

Er hatte nur ein Hemd und seine Unterhose an, ich konnte also seine Beine sehen. Sie waren so dünn, dass man die Knochen unter der Haut erkennen konnte, aber gleichzeitig war sein Bauch überraschend rund, so, als würden die einzelnen Teile seines Körpers nicht richtig zusammenpassen. Ich musste an diese Figuren aus der M&M-Werbung denken.

Wir fingen damit an, erst mal unsere Sachen zu ordnen. Marcel wirkte viel fitter als beim letzten Mal. Er malte Blumen in verschiedenen Farben und einen schwarzen Vogel, vielleicht war es eine Amsel. Unterdessen bekam mein Wichtel Arme und Beine.

»Was sagen deine Klassenkameraden eigentlich dazu, dass du immer und ständig hier bei mir herumsitzt?«, fragte er nach einer Weile.

»Nichts«, sagte ich. »Ich bin nach der Schule nie mit denen aus meiner Klasse zusammen.«

Marcel schaute hoch. »Warum nicht?«

»Weil Mikala nachmittags immer zeitig nach Hause kommt«, sagte ich.

Marcel spülte seinen Pinsel in einem Glas mit Wasser aus.

»Na, und was sagt *sie* dazu?«

Ich war gerade dabei, Kleber auf dem Holzgesicht des Wichtels zu verteilen, um den Bart zu befestigen. Das erforderte eine gewisse Konzentration.

»Nichts«, sagte ich, als der Bart einigermaßen saß, wie er sitzen sollte. »Es ist egal. Sie kann auch gut mal allein sein.«

»Ach ja?« Marcel zog die Augenbrauen hoch und sah mich fragend an.

»Ja, na ja, es ist ihr nur *lieber,* wenn ich zu Hause bin«, erklärte ich.

»Und das ist für dich in Ordnung?« Marcel strich den Pinsel am Glasrand aus. »Ist das nicht auch ein bisschen Pferd, Pferd?«

»Was meinst du?«, fragte ich und merkte, dass ich ein ganz klein wenig gereizt reagierte. »So ist es eben.«

»Da kann man mal sehen.« Marcel nickte für sich und rieb mit dem Finger auf dem Teller herum.

Eine Weile schwiegen wir beide.

Nach ein paar Minuten fing Marcel an, die Melodie von diesem »Sugar, honey, honey«-Lied zu summen, und guckte mich von der Seite an, aber ich tat so, als würde ich es gar nicht bemerken.

»Weißt du, was ich glaube?«, fragte Marcel schließlich. »Ich glaube, mir ist wahrhaftig eingefallen, was ich noch erreichen will, bevor ich sterbe. Ich will hören, dass du auf das Klassenfest gegangen bist, bei diesem ...«

Marcel suchte nach dem Namen. Mir fiel der Wichtel auf den Boden, und er verlor seinen Bart, ich musste mich bücken, um ihn aufzuheben.

»Philip?«, fragte ich. Ich spürte ein leichtes Kribbeln im Magen, als ich seinen Namen sagte, und ich betete, dass Marcel nicht merkte, dass ich rot wurde.

»Genau.« Marcel nickte entschieden. »Das ist genau das, was ich will. Und trink ein Bier für mich mit, wenn du schon mal da bist.«

»Ich trinke doch nicht!«, sagte ich scharf und kämpfte mit dem Wichtelbart.

»Nee, natürlich nicht.« Marcel zuckte mit den Schultern. »Aber ich will, dass du es mir versprichst. Das ist mein letzter und größter Wunsch, den könntest du mir also ruhig erfüllen.«

Ich legte den Kopf schief und sah ihn an. Ich versuchte herauszufinden, ob er das wirklich ernst meinte.

»Ich dachte, du fühlst so was gar nicht?«

»Stimmt, aber ich wünsche mir wirklich, dass du hingehst«, sagte er. »Abgemacht? Im Gegenzug beeile ich mich auch mit dem Teller. Wir können ja sagen, dass er spätestens an dem Tag fertig werden muss, an dem du auf die Party gehst.«

»Ich weiß nicht«, sagte ich zögernd. »Ich habe Mikala versprochen, sie zu begleiten. Das wird sie wahnsinnig wütend machen.«

Ich musste daran denken, wie ich damals mit Oma auf Fünen gewesen war. Ich hatte Mikala versprochen, dass ich versuchen würde, ihr aus jeder Apotheke auf der Insel Rezeptkuverts mitzubringen, es dann aber doch nicht geschafft. Mikala hatte zwei Wochen kein Wort mehr mit mir geredet, mindestens.

»Ach, dir fällt schon was ein«, sagte Marcel. »So ein toughes Mädchen wie du. Wenn du jeden Abend zu Hause kochen kannst und es schaffst, hierherzukommen und dich um einen alten Spinner wie mich zu kümmern, dann wirst du auch mit einer schmollenden Schwester fertig. Da bin ich mir sicher.«

Ich zögerte immer noch.

»Tut mir leid, aber ich kann leider nicht warten, bis deine Klasse das nächste Mal feiert«, sagte er. »Jetzt oder nie.«

Wir schauten uns in die Augen. Marcel lächelte warm, aber auch müde. Ich musste an die dünnen Beine denken, die er unter der Decke versteckte. Und an die Windel.

»Okay«, sagte ich da. »Abgemacht.«

Den Rest des Nachmittags malten wir, bastelten an dem Wichtel weiter und waren bester Laune. Wir lachten beide ziemlich viel, und bevor ich nach Hause fuhr, tranken wir Kakao, den Thomas uns brachte. Heiß und genau richtig süß, mit Sahne drauf. Es war ein guter Tag.

Auf dem Heimweg im Bus schrieb ich Philip: »Die OP ist verschoben worden. Kann doch zu deinem Fest kommen, wenn es ok ist?«

Er antwortete sofort: »Klar ist das ok! :) :)«

Auch wenn es nur vier kleine Worte waren – und zwei alberne Smileys –, las ich die Nachricht wieder und wieder, bis ich aussteigen musste.

Kapitel 19

Nachmittags in Harrys Hackenbar

Ich beschloss, Mikala so schnell wie möglich von der Party zu erzählen. Nicht gleich am nächsten Tag und auch nicht am übernächsten, aber dann überwand ich mich.

Am Donnerstagnachmittag waren wir zusammen auf einen Sprung in Harrys Hackenbar vorbeigegangen. Wir saßen auf Barhockern und schauten Mama zu, die hinter der Theke mit dem Schuhdehner beschäftigt war, Schuhe putzte und all so was machte, während wir Limo tranken und den Duft von Klebstoff und Schuhcreme einsogen, von dem ich irgendwie nie genug bekommen kann.

Den Schuhdehner braucht man, wenn sich jemand zu kleine Schuhe gekauft hat, und tatsächlich gibt es richtig viele Frauen, denen das passiert. Mit dem Gerät kann man seine Schuhe weiten lassen, was ziemlich praktisch ist. Mama hat das auch schon mit meinen oder Mikalas

Schuhen gemacht, wenn sie langsam zu klein wurden. Auf diese Weise halten sie glatt ein halbes Jahr länger.

Mamas Chef, also der Besitzer von Harrys Hackenbar, heißt Allan-Bo, und soweit ich weiß, gab es auch nie einen Harry im Geschäft. Allan-Bo hatte sich den Namen ausgesucht, weil Harry einfach besser klang und weil sein Großvater mütterlicherseits so hieß. Aber der war wohl schon vor vielen Jahren gestorben, als er noch in einer Spüllappenfabrik arbeitete.

An diesem Tag war Allan-Bo zum Glück nicht da. Er war krank und deshalb konnten wir zu Besuch kommen. Er mag es nämlich nicht besonders, wenn wir in seinem Laden rumsitzen.

Als ich das Gefühl hatte, der Zeitpunkt wäre günstig, sagte ich so beiläufig wie möglich: »Ach ja«, und trommelte dabei mit den Fingern auf der Theke, »ich kann wegen dem Klassenfest übrigens doch nicht mit zum Tag der offenen Tür kommen. Ich weiß gar nicht, ob ich euch das schon gesagt habe.«

»Okay?« Mama stellte ein paar frisch gedehnte und frisch geputzte rote Stöckelschuhe vor mir ab und musterte mich mit hochgezogenen Augenbrauen. »Nein, das hast du wohl vergessen. Aber klingt toll.«

Sie warf einen vorsichtigen Seitenblick auf Mikala und griff sich das nächste Paar Schuhe, das noch poliert werden musste, damit es abgeholt werden konnte.

Mikala sagte gar nichts, und erst dachte ich, sie hätte mich gar nicht gehört. Aber als ich mich zu ihr umdrehte, sah ich, dass sich ihr ganzes Gesicht verdüstert hatte. Sie schüttelte den Kopf und fixierte dabei starr einen Punkt an der Wand hinter Mama.

Ich beugte mich zu ihr und streichelte ihr vorsichtig über den Rücken.

»Das geht nicht«, sagte sie und schlug sofort meine Hand weg. »Ich habe gesagt, wir kommen zu dritt.«

»Aber Mikala«, sagte Mama. »Das Klassenfest ist für Honey auch sehr wichtig.«

»Nein!« Mikala verschränkte stramm die Arme, als wolle sie sich selbst umarmen, und würdigte nach wie vor keine von uns eines Blickes. »Ich habe gesagt, dass wir *drei* kommen. Du, ich, Honey.«

»Schon, aber …« Mama seufzte und griff stattdessen nach meiner Hand und küsste sie. »Natürlich gehst du zu der Party, wenn du willst. Mikala und ich schaffen das schon.«

Mikala war ganz und gar nicht ihrer Meinung und kurz darauf musste sie auch schon auf die Toilette. Akute Magenverstimmung infolge der Situation. Wenn nicht alles so läuft, wie sie es sich vorgestellt hat, kann sie ziemlich heftig darauf reagieren. Sie war so sauer, dass sie mich nicht einmal bat, sie zu begleiten, sondern lieber die Tür zum Laden offen ließ.

Mama zwinkerte mir zu. »Hat Emily dich überredet?«, fragte sie. »Geht ihr zusammen hin?«

»Ja.« Ich nickte. »Wir legen für das Geschenk zusammen.«

An dieser Stelle wunderst du dich vielleicht ein klein wenig, denn schließlich hatte ich doch eine Vereinbarung mit Marcel getroffen. Nicht mit irgendjemand ganz anderem. Aber Mama und Mikala war inzwischen aufgefallen, dass ich neuerdings nachmittags oft erst spät nach Hause kam, und da ich mir sicher war, dass meine Mutter kaum Verständnis dafür haben würde, dass ich den Großteil meiner Freizeit bei einem Mann verbrachte, den sie noch nie gesehen und von dem sie noch nie gehört hatte, war ich auf die Idee gekommen, ihnen zu erzählen, ich sei bei Emily aus meiner Klasse. Dass wir sozusagen ganz plötzlich so was wie beste Freundinnen geworden waren.

Dass mir ausgerechnet Emily eingefallen war und niemand anderes, der es genauso gut hätte sein können, lag nur daran, dass es sich so natürlich anfühlte, die Geschichte mit ihr weiterzuspinnen, nachdem ich ihr ja angeblich schon Mittagessen gekauft hatte. Und Mama nahm es mir sofort ab, ohne weitere Fragen.

»Das wird bestimmt lustig«, sagte Mama und konnte gar nicht aufhören zu grinsen. »Deine erste richtige Party.«

Hinterher fragte sie, ob ich Emily nicht auch mal am Wochenende zu mir einladen wollte, und ich versprach ihr, darüber nachzudenken.

»Wenn Mikala wieder mit mir redet«, sagte ich.

So hatte ich ein bisschen Zeit gewonnen.

Kapitel 20

Shoppingtour

Am Tag darauf – Freitag – war ich nach der Schule wieder bei Marcel. Es ging wirklich voran mit dem Teller. Wobei man das eigentlich nie so genau wissen konnte. Hätte mich jemand danach gefragt, hätte ich schon mehrmals verkündet, der Teller sei fix und fertig. Aber dann beschloss Marcel plötzlich, eins der Motive abzureiben und von vorne anzufangen. Der Vogel, den er beim ersten Mal so schön fertig gemacht hatte, war schon mehrfach überarbeitet worden. Marcel war ganz klar ein Perfektionist.

Manchmal fragte ich ihn ein bisschen über seine Familie aus. Versuchte herauszufinden, ob er wirklich damit abgeschlossen hatte, dass er sie nicht noch ein letztes Mal sehen würde. Und wenn ich ganz ehrlich sein soll: Ich glaube, so war es.

Das eine Mal sagte er: »Man kann niemanden ändern, der es nicht will. Das Einzige, was man ändern kann, ist man selbst. Das ist alles.«

Er wirkte nicht bedrückt. Eigentlich machte er einen ganz guten Eindruck, auch wenn es, von außen betrachtet, ganz und gar nach Pferd, Pferd, Tiger, Tiger aussah. Ob es nun an diesen Glückspillen lag oder nicht.

In der Zwischenzeit war mein eigener Wichtel fast vollendet: ein Holzkopf mit Augen und dickem Bart, eine rote Filzmütze, ein Körper aus Filz – ausgestopft mit Watte –, dazu Pfeifenreinigerarme und -beine. Eigentlich fehlten ihm nur noch seine Ski.

Die Dame im Bastelladen hatte recht gehabt. Es *war* einfach gewesen. Aber ich saß trotzdem mehrere Nachmittage da und wurstelte absichtlich erfolglos an den Skiern herum. Aus irgendeinem Grund fand ich, Marcel und ich müssten gleichzeitig fertig werden.

Am Samstag sollte ich zu Papa, denn es war eine ungerade Woche. Ich hatte am Abend vorher mit ihm telefoniert und ihm von Philips Party erzählt. Er fand es unglaublich aufregend und bestand darauf, mir ein paar Klamotten zu schenken, in denen ich so richtig schnuckelig aussah.

An dem Schnuckelig-Aussehen hatte ich so meine Zweifel, aber ich wollte trotzdem gern neue Sachen haben, weil ich nichts besaß, das auch nur annähernd als festlich durchging. Also verabredeten wir uns am Samstag gegen Mittag in der Innenstadt, um zusammen shoppen zu gehen.

Ich wollte am liebsten zu H&M und damit war Papa einverstanden. Heute war Honeys Tag, wie er sagte. Zu

Anfang blieb er auch wirklich brav hinter mir und nickte und brummte, wenn ich mir eine Bluse über den Arm hängte oder auf etwas Schickes zeigte. Aber es dauerte nicht lange, bis sein Blick auf eine junge, blonde Verkäuferin in engen Jeans fiel und er plötzlich vollauf damit zu tun hatte, ihre Gesäßtaschen nicht aus den Augen zu verlieren, während sie sich kreuz und quer durch den Laden bewegte.

Er machte das ganz unverblümt, ließ dabei seine Jacke runterrutschen und präsentierte im T-Shirt seine dicken Oberarme. So stolzierte er durch die Gegend, die ganze Zeit darauf konzentriert, seine Muskeln möglichst angespannt zu halten. Dabei räusperte er sich durchgehend, um die Aufmerksamkeit der Verkäuferin auf sich zu ziehen.

Er sah ziemlich angestrengt und fast ein bisschen mechanisch aus: wie ein Roboter mit Frosch im Hals. Komischerweise war die Verkäuferin der einzige Mensch im Laden, der ihn nicht zu bemerken schien.

Mein Vater hatte schon längst die Grenze zum *Zuviel* überschritten, und als ich sah, wie er Anlauf nahm, um das Mädchen auch noch anzusprechen, verzog ich mich hastig in die Anprobe.

Circa zehn Minuten, acht verschiedene Tops und einen Cardigan später steckte Papa seinen Kopf in meine Kabine. Ich hatte gerade meine eigenen Sachen wieder angezogen und mich für ein graues Trägertop mit silbernem Aufdruck entschieden.

»Na? Die Trulla heißt Karoline«, sagte Papa und grinste. »Ihr Freund arbeitet auch hier und, äh …« Er warf einen Blick über seine Schulter. »Es ist wohl besser, wenn wir uns ein bisschen beeilen. Aber schau mal, was ich gefunden habe.«

Er quetschte sich in die Kabine und drückte mir ein kurzes Kleid aus einem glänzenden, neonpink leuchtenden Stoff in die Hand, das unten leicht ausgestellt war.

»Ist das nicht scharf?«, sagte er. »Und außerdem«, er senkte die Stimme, »ist kein Alarm dran!«

Ich hielt mir das Kleid vor den Bauch und betrachtete mich im Spiegel.

»Super, oder?« Papa tätschelte den Stoff.

Das Kleid war wirklich sehr kurz. Und pink. Und glänzend. Wie diese Gymnastikanzüge. Und vor allem erinnerte es an irgendwas mit Barbie. Das war das Erste, was mir durch den Kopf schoss.

»Joah«, sagte ich trotzdem. »Aber ich habe schon was anderes gefunden, das ich gern hätte.«

»Lass uns weitergehen!« Papa redete plötzlich laut, so komisch zur Tür gewandt, wo eine Verkäuferin stand und wartete.

»Aber was hältst du von dem hier?« Ich hielt ihm das graue Top mit Silberdruck vor die Nase. »Ist das nicht cool?«

»Man sollte immer erst in mehreren Läden gucken«, sagte er entschieden. »Wir können später zurückkommen.«

Papa bestand darauf, lieber nichts zu überstürzen, und so verließen wir H&M mit leeren Händen und einigten uns darauf, erst mal etwas zu essen, bevor wir entschieden, wohin wir als Nächstes gehen würden.

Aber als wir kurz darauf am Würstchenimbiss standen und jeder einen Hotdog aßen – Papa mit rohen, ich mit gerösteten Zwiebeln –, lächelte er auf einmal stolz und sagte: »Denkst du, du verkraftest eine kleine Überraschung?«

»Was meinst du?« Ich wischte mir etwas Senf aus dem Mundwinkel.

Papa nickte und wackelte mit den Augenbrauen, biss noch einmal in seinen Hotdog und zog die Spannung ein paar Sekunden in die Länge, bis er es selbst nicht mehr aushielt. Vorsichtig zog er den Reißverschluss seiner Jacke auf und etwas grellpink Leuchtendes kam zum Vorschein.

»Von mir für dich!«, sagte er.

Er wartete nicht ab, was ich zu sagen hatte. Er wuschelte mir nur durch die Haare, einen Tick zu heftig, klatschte mir so fest auf die Hand, dass ich fast meinen Hotdog hätte fallen lassen, und kniff mich ins Ohr.

»Das hast du verdient. Für meine Tochter nur das Beste. Dann können wir jetzt ja nach Hause.«

Wir aßen schweigend auf, dann gingen wir zu Papa nach Hause und sahen uns eine Fernsehsendung über große Maschinen in den USA an, und ab und zu klingelte jemand an der Tür, kam kurz rein und ging wieder.

»Na los, erzähl mir, was du denkst«, sagte Papa am Abend, als wir auf dem Sofa lagen, Chips aßen und das pink glänzende Kleid betrachteten, das auf dem Couchtisch ausgebreitet lag. »Bin ich ein Spitzenvater oder bin ich ein Spitzenvater?«

Ich tätschelte ihm das Knie und stand auf, um den Pizzaflyer zu holen.

»Der beste der Welt«, sagte ich lächelnd.

Kapitel 21

Ein Ausflug ins Stadtmuseum und ein Gespräch über Vögel

Die folgende Woche begann ungefähr so wie die vorherige. Ich ging in die Schule und danach zu Marcel, der nie wirklich zufrieden war mit dem, was er gemalt hatte. Trotzdem arbeitete er die ganze Zeit an dem Teller, obwohl er nicht mehr so viel Kraft hatte, wie er sich wünschte. Er musste oft Pausen machen und sich ausruhen.

Der Mittwoch verlief ein bisschen anders, weil wir mit der Klasse nach der Mittagspause einen Ausflug machten. Unser Thema war die Geschichte Kopenhagens, deshalb waren wir im Stadtmuseum, wo wir in kleinen Gruppen herumlaufen und verschiedene Fragen beantworten sollten, die unsere Lehrer sich ausgedacht hatten.

Meine Gruppe, wir waren fünf Mädchen, kam ziemlich schnell auf die Idee, die Antworten mit unseren Handys zu googeln, was viel einfacher war. Auf diese Weise konnten wir auf dem Museumsvorplatz entspannt in der Herbstsonne darauf warten, dass der Schultag offiziell zu Ende war.

Die anderen unterhielten sich darüber, hinterher noch mit der Klasse in ein Café zu gehen. Es war ganz in der Nähe und offenbar gab es dort ganz fantastischen Saft. Ich sagte nicht viel. Die meiste Zeit war ich wohl in meine eigenen Gedanken vertieft.

Mikala hatte im Großen und Ganzen nicht mehr mit mir geredet, seit wir Mama im Geschäft besucht hatten. Beim Frühstück quasselte sie zwar drauflos, aber alles, was sie sagte, war an Mama gerichtet. Erlaubte ich mir, auch nur das Geringste zu fragen, machte sie auf der Stelle dicht. Und wenn wir zu Abend aßen, nur wir zwei, verlief das in totaler Stille – mit einer Ausnahme, nämlich dann, wenn sie auf die Toilette musste. Das war der einzige Zeitpunkt, an dem sie sich dazu herabließ, mit mir zu sprechen.

»Ich muss pinkeln«, sagte sie dann, und wir standen auf und gingen zum Bad. Schweigend.

Nichts mit die Farbe ihrer Unterhose raten. Kein einziges Wort über Rezeptkuverts. Sie nannte mich nicht mal mehr Pupsprinzessin. Ehrlich gesagt, vermisste ich es. Sogar das.

»Erde an Honey! Hast du gehört, was ich gesagt habe?« Sigrid stupste mich an und ich hob den Blick. »Kalle sagt, dass Philip ununterbrochen von dir redet.«

»Was?«, sagte ich, obwohl ich nicht das geringste Bedürfnis hatte, den Satz noch mal zu hören, weil ich jetzt schon merkte, wie mir die Röte ins Gesicht stieg.

Die Mädchen kicherten.

»Ich sag's ja nur.« Sigrid knuffte mich mit dem Ellenbogen in die Seite. »Er wird am Samstag garantiert versuchen, bei dir zu landen.«

Jetzt wurde ich richtig rot, und die Mädchen kicherten noch mehr, also nicht bösartig oder so, aber trotzdem.

Später, als alle Gruppen mit der Aufgabe fertig waren und wir freibekommen hatten, kam Philip auf seinem Fahrrad zu mir. Ich saß noch immer mit den anderen Mädchen zusammen und kramte gerade in meiner Tasche.

»Kommst du auch mit?«, fragte er beiläufig, während er den Reißverschluss seiner schwarzen Jacke ein Stückchen höher zog und die Träger seines Rucksacks zurechtschob.

»Ähhh«, sagte ich und merkte, wie die anderen um mich herum verstummten.

Mann, wie gern hätte ich Ja gesagt.

»Oh, bist du süß, Philip!«, ertönte Sigrids Stimme, so übertrieben hoch und zärtlich, direkt gefolgt vom lauten Gelächter der anderen Mädchen.

Philip verdrehte die Augen und zeigte ihr den Mittelfinger, aber davon abgesehen schaute er mich die ganze Zeit an.

»Leider nein«, sagte ich, und es fiel mir schwer, den Augenkontakt zu halten, während sich die Blicke der anderen wie ein störendes Prickeln im Nacken, auf meinen Wangen und überhaupt am ganzen Körper anfühlten. »Ich habe eine wichtige Verabredung.«

»Klar.« Er sah ernst aus. »Geht es um deine Schwester?«

»Ja«, sagte ich schnell und wünschte mir nichts mehr, als dass ich diese Lungengeschichte nie in die Welt gesetzt hätte. »Sie wird am Freitag operiert, also …«

Philip nickte stumm, aber verständnisvoll, und ich packte meine Tasche zusammen und stand auf.

Eine wichtige Verabredung hatte ich ja wenigstens wirklich. Das war nicht gelogen. Marcel wartete auf mich, ich konnte nicht mit den anderen ins Café gehen. Also blieb ich auf dem Platz stehen und sah zu, wie die anderen weggingen, bevor ich selbst loshetzte, um den richtigen Bus zu finden. Ich musste ununterbrochen daran denken, was Sigrid gesagt hatte.

Was, wenn sie recht hatte mit Philip? Oder es zumindest rein theoretisch denkbar war? Ich und ein Freund? Ich, Honey? Ich kannte mich mit so was überhaupt nicht aus. Mit Jungs, meine ich. Der Gedanke kribbelte und gruselte mich gleichzeitig.

Als ich zu Marcel kam, hatte sich nicht viel verändert. Das heißt, Marcel sah schon ungewöhnlich müde aus, und außerdem war er heiser, als hätte er sich erkältet. Trotzdem dachte er darüber nach, das Motiv noch einmal vom Teller zu reiben und von vorne anzufangen.

Vielleicht wäre der schwarze Vogel eigentlich besser gar nicht schwarz, sondern gelb? Oder doch lieber lila? Ich lachte und sagte, dass der Teller ja nie fertig werden würde, wenn er so weitermachte.

»Du hast versprochen, bis Samstag fertig zu sein«, sagte ich. »Aber ich könnte wetten, dass wir in einem Monat immer noch hiersitzen und uns über Vögel unterhalten.«

Marcel lächelte matt, aber er schwor, Wort zu halten.

Thomas war an diesem Tag auch da. Er räumte gerade Nachmittagskaffee und Kuchen ab, Marcel hatte beides nicht angerührt.

»Honey, würdest du mir kurz dabei helfen, das hier in die Küche zu tragen?«, fragte er und machte ein Gesicht, als hätte er Schwierigkeiten, alles zu balancieren, obwohl er nur einen Teller und eine Kaffeetasse in jeder Hand hielt und das Ganze eigentlich ziemlich stabil aussah.

»Klar.« Ich legte den Wichtel auf meinen Stuhl und begleitete ihn.

In der Küche half ich ihm, die Sachen in die Spülmaschine zu räumen. Ich fand das ein bisschen seltsam, denn es war, wie gesagt, nicht weiter beschwerlich. Es dauerte nicht mal eine halbe Minute und ich wollte gerade zu Marcel zurückgehen.

»Halt, warte noch.« Thomas lehnte sich an die Spüle. »Ich wollte noch kurz etwas mit dir besprechen.«

Ich blieb stehen.

Er lächelte mich mit geschlossenem Mund an.

»Ich denke, du solltest wissen, das Marcel nicht mehr lange hat«, setzte er an.

Ich nickte.

»Das weiß ich. Deshalb ist er ja hier.«

»Ja, na ja«, sagte Thomas und sah ernst aus. »Aber inzwischen isst er fast gar nichts mehr. Er steht nicht mehr auf und es gibt noch ein paar andere Zeichen.«

»Zeichen?« Erst dachte ich an chinesische Schriftzeichen, aber das war wohl kaum das, was er meinte.

»Ich schätze, er hat noch eine, vielleicht anderthalb Wochen«, sagte er dann. »So nah sind wir gekommen. Ich will nur, dass du Bescheid weißt.«

Ich biss mir auf die Lippe und blieb stehen.

Eine Woche. Sieben Tage.

Wie viele Stunden?

Mathematik war nicht gerade meine Stärke. Aber das war bald. Sehr, sehr bald, und ich spürte einen Stich in der Brust.

»Weiß er es?«, fragte ich.

Thomas zuckte die Schultern und machte irgendein Mittelding zwischen Nicken und Kopfschütteln.

»Nicht alle wollen darüber reden«, sagte er. »Nicht, wenn es wirklich so weit ist. Der Gedanke ist für manche schwer auszuhalten.«

Ich blieb stehen.

»Stimmt es, dass ihr ihm Tabletten gebt, damit er nicht merkt, was er fühlt?«, fragte ich.

Thomas seufzte durch die Nase, dann lächelte er.

»Nein, das stimmt nicht«, sagte er. »Aber viele Schwerkranke werden auch depressiv. Das heißt, sie sind so traurig, dass es wie eine eigene Krankheit ist, und dagegen kann man ihnen dann Tabletten geben. Das ist richtig.«

Als ich zurück ins Zimmer kam, war Marcel fast eingeschlafen. Seine Hand lag schlaff auf der Decke, er hielt einen Pinsel mit gelber Farbe zwischen den Fingern. Seine Augen waren nur noch halb geöffnet und er atmete schwer.

»Tut mir leid«, murmelte er, als ich ihm vorsichtig den Pinsel aus der Hand nahm und den Teller wegstellte. »Ich werde bestimmt fertig. Ein andermal.«

»Natürlich«, sagte ich und setzte mich auf den Stuhl neben dem Bett. »Dafür werde ich schon sorgen. Du weißt ja: Ich bin eine von den Toughen.«

Ich blieb sitzen, bis es draußen dunkel wurde, obwohl er schlief – und schnarchte, dass die Wände wackelten. Ich blieb sitzen, bis ich schließlich losrasen musste, um Tiefkühlpizza für Mikala in den Ofen zu schieben, die sich immer noch weigerte, mit mir zu sprechen.

Kapitel 22

Das, was nicht hätte passieren dürfen

Gleich komme ich zum Schlimmsten der ganzen Geschichte. Nein, okay, zum Zweitschlimmsten. Das Schlimmste kommt später. Aber erst wurde es Donnerstag und es wurde Freitag.

Ich war an beiden Tagen bei Marcel und rang mich endlich dazu durch, die Skier an den Wichtel zu montieren. Jetzt war er offiziell fertig, und das feierten wir, indem wir mit grüner Limo anstießen, die Thomas uns brachte.

Marcel hatte inzwischen deutlich weniger Energie und bekam im Großen und Ganzen nicht mehr viel auf den Teller. Die meiste Zeit saß er mit dem Pinsel in der Hand da und starrte vor sich hin. Oder entdeckte neue Fehler in dem, was er schon gemalt hatte.

Ich machte mir langsam ernsthaft Sorgen um das Hochzeitsgeschenk. Ob es jemals fertig werden würde. Aber als ich am Samstag ins Zimmer kam, war ich wirklich platt:

»Tadaa!«, sagte er grinsend und hielt den Teller hoch.

Seine Stimme war fast ganz verschwunden, wie bei einer richtig fiesen Halsentzündung, man kennt das ja. Aber er sah glücklich aus.

»Tut's weh?«, fragte ich und zeigte auf meinen eigenen Hals.

Marcel schüttelte den Kopf und reichte mir den Teller.

Wenn ich ganz ehrlich sein soll, konnte ich keinen großen Unterschied zur Woche davor erkennen, abgesehen davon, dass er seine Initialen auf die Rückseite geschrieben hatte. Aber der Teller war schön, und Marcel erklärte, dass er endlich fertig war. Das war das Wichtigste.

Ich lobte ihn sehr. Auch weil er unsere Abmachung eingehalten hatte – und nicht zuletzt, weil er mich so überrascht hatte. Jetzt musste der Teller nur noch gebrannt werden, um das Motiv haltbar zu machen.

Ich durfte den Ofen in der Hospizküche benutzen, also stellte ich ihn auf 160 Grad ein, ging zurück zu Marcel und wartete dort, bis die Temperatur erreicht war.

Wir unterhielten uns über das Fest, und ich erzählte von dem Kleid, das ich von meinem Vater bekommen hatte. Aus irgendeinem Grund behauptete ich, es wäre wahnsinnig toll, obwohl ich noch nicht mal sicher war, ob ich es wirklich anziehen würde.

»Versprich mir, dass du morgen kommst und mir alles berichtest«, sagte Marcel mit dem bisschen Stimme, das er noch hatte.

Er sah wirklich müde aus, und als ich mir kurz erlaubte, auf mein Handy zu gucken und eine SMS von Mama zu lesen, schlief er ein. Ich bemerkte es erst, als ich ihn kurz darauf damit weckte, dass ich irgendwas total Unwichtiges, Small-Talk-Artiges darüber sagte, wie gespannt ich darauf war, wie der Teller nach dem Brennen aussehen würde.

»Weck mich, wenn er fertig ist«, flüsterte Marcel und war schon wieder weit weg.

Der Ofen war heiß, der Teller kam rein, und ich machte einen kleinen Spaziergang nach draußen, während er gebrannt wurde. Das Wetter war angenehm mild, aber ich konnte ja nicht weit weg, deshalb drehte ich nur eine Runde ums Haus. Auf dem Weg kam ich an Marcels Fenster vorbei und guckte rein. Ich presste die Nase an die Scheibe, sodass sie aussah wie ein Schweinerüssel. Bei Mikala ist das immer ein Brüller.

Ich weiß nicht, wie ich auf diese Idee kam. Marcel schlief ja. Niemand war da, der mich sehen konnte. Zum Glück eigentlich, wenn ich so darüber nachdenke. Aber während ich mir die Nase an der Scheibe platt drückte, fiel mir auf, wie einsam er da in seinem Bett aussah. Einsam und vielleicht ein kleines bisschen gruselig, wenn man ihn nicht kannte.

Sein Mund stand weit offen, seine Wangen waren ganz eingefallen. Er erinnerte mich an ein Gemälde, das wir mal im Unterricht besprochen hatten. Also, wir hatten es nur in einem Buch angeschaut, aber trotzdem. Es hieß »Der Schrei«, weil es jemanden darstellte, der schrie –

oder jemanden, der sehr große Angst hatte. Aber Marcel schrie nicht und er beklagte sich auch nicht. Obwohl er dort lag und ganz allein sterben sollte.

Ich wischte die Scheibe mit der Hand trocken und beschloss, ihn zu umarmen, bevor ich ging.

Aber jetzt kommt es. Das total unfassbar Megaidiotische. Ich traue mich kaum, es zu erzählen: Ich habe ihn fallen lassen. Also den Teller. Als ich ihn aus dem Ofen holen wollte und mich am Backblech verbrannte.

Ich habe zwei Wochen Anstrengung eines todkranken Mannes einfach so auf den braunen Linoleumboden fallen lassen.

Und ja, der Teller zerbrach.

In fünf ungefähr gleich große Stücke. Der Vogel, die Blumen, Sanne und Tim in Schönschrift, das Ganze von jetzt auf gleich für die Tonne.

Am liebsten hätte ich meinen Kopf vor lauter Wut, Scham und Hass auf mich selbst gegen die Wand gerammt. Verdammt, Honey!

Das Nächste und Einzige, was mir einfiel, war: Kleber!

Ich wusste, dass irgendwo zu Hause so eine Art Superkleber liegen musste, den Mama von der Arbeit mitgebracht hatte. Einer, mit dem man Schuhe kleben konnte. Einer, der sich unter keinen Umständen wieder löste, wenn er einmal etwas verklebt hatte.

Wäre ja auch schlecht, wenn die Leute auf der Straße ihre Sohlen verlieren würden.

Also sammelte ich alle Tellerscherben auf und wickelte

sie in ein Geschirrtuch, das ich mir aus der Küche lieh. Okay, eigentlich habe ich es gestohlen, ich habe es nämlich nie zurückgegeben. Aber als ich es nahm, geschah das nur mit den allerbesten Absichten.

Ich packte alles vorsichtig ein, damit die Scherben nicht noch weiter kaputtgingen. Dann ging ich in Marcels Zimmer, um nachzusehen, ob er aufgewacht war.

War er nicht.

Ich überlegte kurz, ihn zu wecken und ihm zu erzählen, was passiert war. Sofort alles zu beichten. Aber dann entschied ich mich dagegen und beschloss, erst mal der Sache mit dem Kleber eine Chance zu geben. Vielleicht klappte es ja so gut, dass er gar nichts bemerkte.

Auf Marcels Nachttisch lag die Tüte mit den Farben und Pinseln und daneben der Wichtel, der seine Skier in die Luft streckte. Ich schob alles in meine Tasche und legte vorsichtig das Geschirrtuch mit dem Teller obendrauf.

Marcel schnarchte wie verrückt. Lauter als je zuvor. Ich glaube, bis dahin hatte ich nicht mal geahnt, dass ein Mensch Geräusche von diesem Kaliber produzieren kann, und zuerst musste ich ein bisschen grinsen. Aber dann fiel mir wieder ein, dass ich ja beschlossen hatte, ihn zu umarmen, was mich sofort zu der Frage führte, inwieweit ich ihn bisher eigentlich überhaupt schon mal berührt hatte. Je länger ich darüber nachdachte, umso sicherer war ich mir, dass das, genau genommen, noch nie vorgekommen war. Ich hatte allerhöchstens seine Finger oder einen Arm gestreift. Wir unterhielten uns ja nur.

Ich beugte mich zu ihm herunter, um ihn in den Arm zu nehmen, aber dann hielt ich mitten in der Bewegung inne und konnte mich doch nicht überwinden. Nicht, ohne dass er es wusste. Das schien mir irgendwie nicht richtig zu sein. Außerdem wäre es ein Jammer gewesen, ihn jetzt aus seinem tiefen Bärenschlaf zu reißen, und ich kam zu dem Schluss, dass es das Beste war, zu warten, bis ich den Teller geklebt hatte.

»Bis morgen«, flüsterte ich. »Dann erzähle ich dir alles über die Party und du kannst dir deinen schönen Teller ansehen. Versprochen.«

Kapitel 23

Eine Art Rettungsaktion

Während ich auf dem Heimweg im Bus in einer Mischung aus Ärger und Selbstbestrafung systematisch die Stirn gegen die Scheibe schlug, gelang es mir, eine Geschichte zusammenzubasteln, die ich meiner Mutter auftischen konnte:

Der Teller sollte ein Hochzeitsgeschenk für Emilys Mutter und ihren Freund sein, die am nächsten Tag heiraten würden. Emily hatte ihn selbst bemalt, und ich hatte ihn in ihrem Zimmer fallen lassen, als Emily gerade nicht dabei war. Und jetzt hatte ich ihn heimlich mit nach Hause genommen, um ihn zu reparieren, damit sie es nie bemerken würde.

Die Sache war nun mal die, dass ich Mama noch heute Vormittag, als ich aus der Wohnung stürmte, erzählt hatte, ich würde mich mit Emily treffen, um ein Geschenk für Philip zu kaufen.

Sie hatte mir gut gelaunt hundert Kronen dafür mitgegeben und gerufen: »Grüß sie von mir! Ihr könnt gern zum Mittagessen vorbeikommen, wenn ihr wollt!« Ich hatte geantwortet, dass wir das vielleicht wirklich tun würden, woraufhin Mama umgehend den Staubsauger aus dem Schrank zerrte – eine ausgesprochene Seltenheit! Deshalb konnte ich jetzt unmöglich urplötzlich Marcel aus dem Hut zaubern.

Vier andere Lügenantworten hatte ich schon im Vorfeld vorbereitet, aber die wollte ich nur nutzen, falls es sich nicht vermeiden ließ:

1. Wo war Emily, als der Teller zerbrach?
   Antwort: In der Küche, um Saft zu holen.
   (Unterfrage: Welche Geschmacksrichtung?
   Antwort: Rhabarber.)
2. Woher konnte Emily so gut malen?
   Antwort: Sie konnte es eben.
3. Wo sollte die Hochzeitsfeier stattfinden?
   Antwort: Im Rathaus, in einem wahnsinnig schönen Saal mit Säulen und Stuck.
   (Kann man überhaupt ein Fest im Rathaus veranstalten? Na ja, egal.)
4. Was hatten wir für Philip gekauft?
   Antwort: Eine CD mit blauem Cover – irgendeine Band, die Emily gut fand.

Anyway, als ich zu Hause ankam, zog ich sofort das Geschirrtuch mit den Porzellanscherben aus der Tasche und rannte in die Küche. Ich packte alle Tellerteile auf dem Esstisch aus und legte sie zusammen.

»Du musst mir helfen«, sagte ich zu meiner Mutter, die gerade an der Spüle stand und ein Leberwurstbrot aß. »Es ist etwas Schreckliches passiert.«

Mama nickte mit vollem Mund und kaute hastig fertig.

»Was in aller Welt ist das?«, fragte sie. »Wer sind Sanne und Tim? Das ist doch nicht Philips Geschenk, oder? Wo ist Emily?«

»Ich wünschte, es wäre für Philip«, sagte ich, und dann legte ich mit dem Rest meiner vorbereiteten Erklärung los. »Emily bringt mich um, wenn sie das erfährt«, sagte ich. »Sie hat einen ganzen Monat daran gesessen.«

Mama runzelte die Stirn.

»Du lieber Himmel, Honey. Wie konnte das denn nur passieren?« Sie stockte kurz. »Ich hätte schwören können, dass Emilys Mutter Karin heißt«, sagte sie dann. »Ist sie nicht im Elternbeirat?«

Ja, okay, das war ein kleines Detail, das ich vielleicht vorher hätte einkalkulieren sollen.

»Äh, kann sein.« Ich versuchte, sehr ernst auszusehen. »Sie wird manchmal Sanne *genannt*. Ist wohl ihr zweiter Name.«

»Okay.« Mama rieb sich die Krümel von den Händen. »Dann wollen wir mal sehen, was wir tun können.«

Sie verschwand ins Schlafzimmer, holte den Superkleber aus ihrer Krimskrams-Schublade und wir legten sofort mit der großen Rettungsaktion los. Mit Kleber, Tellerscherben und Wattestäbchen.

Mama hielt das Porzellan fest, ich schmierte den Kleber drauf. Wir arbeiteten hochkonzentriert und redeten kaum dabei. Wir waren das perfekte Team. Trotzdem wurde schnell klar, dass das Projekt zum Scheitern verurteilt war. Der Kleber war gelb und zäh und schwer auf die dünnen Kanten aufzutragen, und wenn man die Stücke aneinanderpresste, quoll er durch den Spalt nach oben. Das fertige Resultat glich einem pipigelben Bach, der sich durch eine Blumenlandschaft schlängelte.

Das hier war nicht nur Pferd, Pferd, Tiger, Tiger. Das hier war Mist, Kack, Dreck, Fuck.

Mama seufzte und drückte mir einen Kuss aufs Ohr. Ein paar Minuten saßen wir schweigend da und starrten den Teller an.

»Sie kann aber wirklich gut malen«, sagte Mama irgendwann. »Man könnte meinen, sie wäre ein Profi.«

»Jep«, sagte ich. »Die beste Tellermalerin, die ich kenne.«

Mikala, die bis dahin nebenan im Wohnzimmer gesessen und sich extralaut *Matador* angesehen hatte, konnte sich plötzlich nicht mehr länger zurückhalten und kam, um zu gucken, was hier los war. Malen war schließlich ihr Spezialgebiet.

»Ich finde, das sieht einfach aus«, sagte sie.

»Findest du?« Ich drehte mich zu ihr um. »Soweit ich weiß, hast du noch nie versucht, auf Porzellan zu malen.«

Mikala zuckte mit den Schultern und sagte, dass das ja wohl keinen großen Unterschied machte.

»Meinst du das ernst?« Ich ging raus in den Flur und holte meine Tasche, in der noch immer die Farbtöpfe und Pinsel waren. »Könntest du dir vorstellen, es zu versuchen?«

Im Küchenschrank fand ich noch einen passenden Teller, den ich vor Mikala auf den Tisch stellte. Ich konnte Mama ansehen, dass sie für eine Sekunde erwog zu protestieren, aber dann ließ sie es bleiben. Es war eine spezielle Situation.

»Please, liebe, liebe Mikala«, flehte ich. »Wenn du wirklich genauso gut malen kannst, dann mach es. Ich backe dir auch in der Zwischenzeit den besten Kuchen der Welt.«

Ich zeigte zur Arbeitsplatte, wo die Zutaten für den Drømmekuchen warteten. Mikalas absoluter Lieblingskuchen.

»Please«, wiederholte ich.

Mikala schien einen Augenblick darüber nachzudenken.

»Kommst du dann mit zum Tag der offenen Tür?«, fragte sie.

»Nein«, sagte ich.

Mikala machte auf dem Absatz kehrt und ging zurück ins Wohnzimmer. *Matador* stand noch auf Pause. Sie drückte »Play« und drehte die Lautstärke noch höher als vorher, falls das überhaupt möglich war.

»Mikala!«, brüllte Mama, und kurz darauf wurde es wieder etwas leiser.

Mama öffnete das Küchenfenster, um eine Zigarette zu rauchen.

»Ihr vertragt euch bestimmt bald wieder«, sagte sie und zwinkerte mir zu. »Spätestens Weihnachten ist alles wieder gut. Das mit Emily ist schlimmer.«

Kapitel 24

Ein etwas stressiger Nachmittag

Eine knappe Dreiviertelstunde später war der Drømmekuchen im Ofen, und ich ging in mein Zimmer, um mich für die Party fertig zu machen.

Ehrlich gesagt kam mir schon die bloße Idee komisch vor, zu einem Fest zu gehen. Es ging schließlich nur darum, Spaß zu haben, während in mir drinnen das Chaos tobte. Ich konnte an nichts anderes denken als daran, was ich gerade für Marcel zerstört hatte. Ich musste mich selbst daran erinnern, dass die Party *sein* Wunsch gewesen war, dass ich *seinetwegen* hinging. Das durfte ich nicht auch noch vermasseln.

Ich fing damit an, erst mal in meinen Schrank zu starren, um sicherzugehen, dass ich nicht irgendwo noch ein wahnsinnig cooles Teil besaß, das ich nur vergessen hatte. Aber mein Gedächtnis war leider in Ordnung, was zugleich bedeutete, dass es doch das pink glänzende Kleid werden würde.

Ich hielt es hoch, drehte und wendete es ein paarmal und beschloss, dass es vielleicht gar nicht *so* übel war. Auf jeden Fall war es das schickste – also gleichbedeutend mit »das am wenigsten praktische und alltägliche« – Kleid, das ich je besessen hatte. Außerdem hatte ich die Erlaubnis bekommen, mir Mamas Pumps und eine ihrer Feinstrumpfhosen auszuleihen. Und ein bisschen Make-up. Vielleicht würde es ja wirklich gehen.

Ich zog mir das Kleid über den Kopf, schlüpfte in die Feinstrumpfhose, schminkte mich mit Mascara und suchte meinen einzigen Lippenstift raus, der irgendwann mal in einem Adventskalender gewesen war, den Mama mir geschenkt hatte. Benutzt hatte ich ihn noch nie. Ich trug ihn auf, zog Mamas Schuhe an und stellte mich vor die Spiegeltür des Kleiderschranks. Ich stemmte die Hände in die Hüften, so ungefähr wie ein Model, und machte einen Schmollmund.

»Herzlichen Glückwunsch zum Geburtstag«, sagte ich. »Und danke für die Einladung.«

Die Schuhe waren mindestens zwei Nummern zu groß. Das war natürlich nicht so toll. Der Rest dagegen war eine totale Katastrophe. Keine Ahnung, warum mich das so unerwartet traf, wahrscheinlich Verdrängung. Das Kleid sah immer noch aus wie ein Barbiekostüm, meine Nase war und blieb platt, und mein Mund war nicht weniger schief geworden, seit ich ihn das letzte Mal überprüft hatte – nur leuchtete er jetzt eben schreiend pink, passend zum Kleid.

Ich schüttelte die Schuhe von den Füßen, wischte mir mit dem Handrücken die Farbe von den Lippen und kam zu demselben Schluss wie schon so oft zuvor: Hübsch werde ich nie. So ist es einfach. Komm damit klar.

Es wurde langsam spät, der Kuchen war immer noch nicht fertig, ich musste noch diese Kokosmasse für obendrauf zusammenrühren, und außerdem hatte ich kein Geschenk für Philip. Gleichzeitig musste ich ständig an Marcel denken. Daran, ob er aufgewacht war und nach dem Teller gefragt hatte. Er hatte gesagt, ich solle ihn wecken, wenn er fertig war. Ich hatte niemandem Bescheid gesagt, dass ich ihn mit nach Hause genommen hatte, was wohl im Grunde eine Art Diebstahl war. Also suchte ich die Telefonnummer des Hospizes raus und rief an. Ich wollte auf keinen Fall, dass Marcel sich Sorgen machte.

Lone, eine der Krankenschwestern, der ich schon mal begegnet war, ging ans Telefon. Ich erklärte ihr, dass ich am nächsten Tag mit dem Teller kommen würde (aber ich erzählte ihr nicht, dass ich ihn kaputt gemacht hatte – diese schlechte Neuigkeit musste ich Marcel wohl oder übel von Angesicht zu Angesicht überbringen), und bat sie, ihm das auszurichten, für den Fall, dass er sich schon gewundert hatte. Aber sie beruhigte mich damit, dass er schlief wie ein Stein und, seit ich gegangen war, auch noch nicht wieder aufgewacht war.

»Ich bin sicher, er schläft die ganze Nacht durch«, sagte sie. »Er ist seit ein paar Tagen sehr müde. Er hat nicht mehr lange. Das weißt du ja, oder?«

»Ja, ich weiß es«, sagte ich. »Ich komme morgen. Am Vormittag!«

Als ich wieder in die Küche kam, saß Mikala zu meiner Überraschung doch am Tisch, hoch konzentriert, die Zunge im Mundwinkel, und bemalte den Teller, den ich rausgesucht hatte.

Ihrem Gesichtsausdruck nach zu urteilen, zog sie jeden einzelnen Pinselstrich mit der allergrößten Präzision. Aber wenn ich ehrlich sein soll, sah es trotzdem nicht wie irgendetwas aus.

Ich dachte, dass Holzschilder bemalen wohl doch sehr weit von einem ehemaligen königlichen Porzellanmaler entfernt war.

»Was malst du gerade?«, fragte ich, als ich einen Topf heraussuchte, um die oberste Schicht für den Drømmekuchen zu machen. »Denk dran, dass du die Farben jederzeit wegwischen und noch mal von vorn anfangen kannst, falls du dich vermalt hast.«

Mikala griff nach der Küchenrolle auf dem Tisch, wickelte ungefähr einen halben Meter ab, spannte die Blätter zwischen zwei Farbdosen vor sich auf und versteckte dann den Kopf hinter dieser Papiermauer.

»Mit solchen Lügenärschen wie dir spreche ich nicht«, sagte sie.

Obwohl ich Mikala kenne und weiß, dass sie einem früher oder später doch wieder gut ist, bekam ich langsam den Eindruck, dass es dieses Mal eher später als früher werden würde, und der Gedanke schlug mir mittlerweile auch schon auf den Magen. Ich hasse Streit. Besonders mit Mikala.

Aber gleichzeitig stand ich ziemlich unter Druck und hatte weder Zeit, ihre Rezeptkuvert-Sammlung durchzusehen, noch, einen *Matador*-Marathon mitzumachen oder was auch immer nötig gewesen wäre. Mir blieb nichts anderes übrig, als mich auf den Drømmekuchen zu konzentrieren, damit ich vorankam. Also tat ich das – während Mikala ohne ein weiteres Wort ihre Arbeit hinter dem Küchenpapier fortsetzte.

Als der Kuchen endlich fertig auf dem Tisch stand, mit Alufolie abgedeckt zum Transport bereit, war ich ziemlich verschwitzt unter den Armen.

Zu diesem Zeitpunkt blieb mir noch ungefähr eine Stunde, bis ich bei Philip sein sollte. Wenn ich noch ein Geschenk besorgen oder überhaupt erst mal herausfinden wollte, *was* ich ihm schenken konnte, musste ich jetzt auf der Stelle los.

Mikala weigerte sich nach wie vor, mit mir zu reden. Als ich mit meiner Tasche über der Schulter, im neonpink glänzenden Kleid und stinknormalen Turnschuhen (den einzigen Schuhen, in denen ich laufen konnte), ins Treppenhaus stürmen wollte, stand sie nicht mal vom Küchenstuhl auf.

Aber Mama flüsterte mir in der Diele noch schnell zu, dass sie ganz bestimmt zurechtkommen würden. Ich sollte mir keine Gedanken machen, sondern einfach eine tolle Party genießen – und dann gab sie mir einen Klaps auf den Hintern. Aber als ich vor dem Haus stand, warf ich aus irgendeinem Grund einen Blick zurück zu unserem Fenster und sah, dass Mikala wie ein großer, dunkler Schatten hinter der Scheibe stand und mir nachschaute. Obwohl ich ihr Gesicht nicht sehen konnte, wusste ich genau, wie es jetzt aussah, und es fiel mir schwer, den Gedanken daran wieder abzuschütteln.

Ich dachte daran, als ich unsere Straße hinunterging, und ich dachte daran, als ich um die Ecke bog – und geradewegs meinem Vater in die Arme lief.

»Hi, Honey!« Papa griff nach meinen Schultern und schüttelte mich begeistert. »Zu dir wollte ich! Ich habe mich gerade gefragt, ob wir beide nicht mal wieder eine heiße Schokolade zusammen trinken wollen? Du bist nicht ans Handy gegangen.«

»Oh, tut mir leid, ich hab's ein bisschen eilig«, sagte ich. »Ich bin auf dem Weg zu dieser Party und …«

»Ach ja, Honey!« Papa zog am Rock des Kleids. »Du siehst aus wie eine … wow! Du hast nicht zufällig ein bisschen Kleingeld, das du gerade nicht brauchst?«

»Äh, also …«, setzte ich an.

Der Hundertkronenschein, den Mama mir gegeben hatte, steckte ordentlich gefaltet in meiner Jackentasche und wartete darauf, in ein Geschenk für Philip verwandelt zu werden. Die Frage war also leicht zu beantworten. Nein, ich brauchte jede einzelne Krone. So ungefähr zumindest.

»Es ist wirklich wichtig«, bat Papa. »Du kennst mich, Honey. Ich würde dich nicht fragen, wenn es nicht nötig wäre. Und du hast ja schließlich auch dieses Kleid von mir bekommen.« Er fasste nach meinem Kinn und küsste mich auf beide Wangen und die Stirn. »Was sagst du? Willst du deinem alten Vater nicht helfen?«

Die Antwort war einhundert Prozent Nein.

Nein, nein und nein.

Man geht nicht ohne Geschenk auf eine Geburtstagsparty. Trotzdem geschah das Unausweichliche. Die falsche Antwort drängelte sich hervor.

»Okay«, sagte ich. »Lass uns gehen.«

Das Gute daran war, dass ich jetzt nicht mehr hektisch nach einem Geschenk für Philip suchen musste, von dem ich noch nicht mal wusste, was es sein sollte. Stattdessen bekam ich zum ersten Mal an diesem Tag die Gelegenheit, mich eine halbe Stunde auszuruhen, während ich mit meinem Vater auf der Parkbank saß.

Er erzählte mir von seinem ersten Klassenfest, auf dem er mit einem Mädchen namens Sofie gevögelt hatte, hinter einer Mülltonne im Hinterhof – eine Geschichte, auf die ich irgendwie auch gut hätte verzichten können, aber okay.

Allerdings bekam Philip jetzt wohl leider kein Geschenk. Mit ein bisschen Glück würde er es vielleicht gar nicht bemerken.

Kapitel 25

Das Fest

Philips Geburtstagsfest stieg in einem Kellerraum, den man als Anwohner für Partys mieten konnte. Der Eingang war in einem anderen Haus, aber glücklicherweise war die Tür mit Flaggen und Girlanden geschmückt und wurde von einem Haken aufgehalten, man musste also einfach nur reingehen.

Als ich ankam waren schon eine Menge Leute aus meiner Klasse da, und es war so laut, dass man Musik und Stimmen kaum auseinanderhalten konnte. Mir fiel auf, dass irgendwas komisch war, aber ich konnte nicht genau sagen, was, also dachte ich einfach nicht weiter darüber nach. Ich bewegte mich durch die Menge und hielt dabei nach Philip Ausschau. Unterwegs umarmte ich die, die eben umarmt werden mussten, aber Philip konnte ich nirgends entdecken – alle sahen sich so ähnlich. Ich kämpfte mich zu einer Ecke vor, in der ein langer Tisch stand, offenbar ein Buffet für Fladenbrot zum Selbstbelegen. Erst als Frederik auf mich zukam, wurde mir klar, was hier so ungewöhnlich war.

»Hast du die Einladung nicht gelesen?«, fragte er und schnappte sich ein paar Gurkenscheiben aus einer Schale auf dem Tisch.

»Was meinst du?«, fragte ich. »Bin ich zu spät?«

»Nee, das hier.« Frederik zupfte an meinem pinkfarbenen Kleid und zeigte gleichzeitig auf sein eigenes Hemd, das schwarz war und ganz neu aussah. »Es gibt einen Dresscode.«

Ich schaute mich noch einmal um, und erst jetzt begriff ich es wirklich: Sigrid in schwarzem Kleid, Frida in schwarzen Jeans und schwarzem Top, Johanne in einer Art schwarzem Hosenanzug – und alle anderen auch: schwarz, schwarz, schwarz. In bestem Philip-Stil. Natürlich.

Im selben Moment tauchte Philip mit einem Tablett voller Plastikbecher auf – nicht sehr überraschend selbst auch von Kopf bis Fuß in Schwarz – und kam auf mich zu.

»Willkommen«, sagte er. »Hier, bitte.« Er reichte mir einen der Becher mit einem blauen Getränk und musterte mich von oben bis unten. »Du siehst gut aus.«

Er schien es aufrichtig zu meinen und erwähnte höflicherweise weder den Dresscode noch meine abgelatschten Turnschuhe, aber ich konnte deutlich sehen, wie sich alle anderen im Raum nach mir umdrehten und grinsten.

»Da will heute Abend wohl jemand die volle Aufmerksamkeit haben«, rief Sigrid im Kreis der anderen Mädchen und hob ihren Becher zu einem Prost.

Alle lachten. Ich hätte mich lieber unters Buffet verkrochen und wäre bis irgendwann nach Neujahr dortgeblieben. Warum musste ausgerechnet ich als Einzige anders als alle anderen auf dem Fest aufkreuzen? Auch wenn es nur meine Klasse war, trotzdem. Das war nicht lustig. Das war nicht niedlich. Das war für meinen Geschmack viel zu viel.

»Danke«, sagte ich und nahm den Becher entgegen, den ich in einem Zug leerte, obwohl es irgendein merkwürdiges süßes Zeug war, das grauenhaft schmeckte.

Frederik verzog sich zu ein paar anderen Jungs, um ihnen etwas zu erzählen – und wie ich sehen konnte, ging es um mich, denn sie drehten sich ebenfalls um und lachten.

Philip und ich standen allein da.

»Ich find es wirklich toll, dass du kommen konntest«, sagte er. »Und ich hoffe, mit deiner Schwester ist alles okay?«

»Super!«, sagte ich. »So gut wie neu. Alles an Ort und Stelle. Die Lunge. Könnte nicht besser sein.«

Philip lächelte, wie immer mit den Lippen über den Zähnen, und sah mich an, als würde er auf irgendetwas warten. Aber ich hatte keine Idee, worauf, und plötzlich wurden meine Handflächen ganz schwitzig, und mir fiel nichts Vernünftiges mehr ein, was ich hätte sagen können.

In meinem Kopf versuchte ich wie eine Verrückte, das

Bild der Einladung wieder wachzurufen, die Philip verteilt hatte. Wo hatte etwas von schwarzen Klamotten gestanden? Und wie hatte ich das übersehen können?

Währenddessen lächelte Philip einfach weiter. Ich versuchte, noch einen Tropfen aus meinem Becher zu bekommen, aber stattdessen zerquetschte ich ihn aus Versehen. Ich fühlte, dass ich irgendetwas sagen musste. Einfach irgendetwas Schlaues.

»Hat dir eigentlich schon mal jemand gesagt, dass du aussiehst wie Tommy aus *Pippi Langstrumpf*?«, rutschte es mir raus.

Großartig! Ich hätte mir am liebsten auf der Stelle meine Tasche in den Mund gestopft. Philip sah plötzlich sehr verwirrt aus.

Fantastisch, Honey, super Start. Wieso nicht einfach: Herzlichen Glückwunsch / schöner Partykeller / hattest du einen schönen Tag?

»Also, ich meine das positiv«, schob ich schnell hinterher. »Tommy Cool oder …«

Philip zog die Augenbrauen hoch und wiederholte: »Tommy Cool?«

Ich zuckte mit den Schultern und wir sahen uns an. Dann fingen wir beide an zu lachen. Erst ein kleines bisschen, aber dann wurde es immer mehr. Als würde unser Lachen sich gegenseitig anstecken. Und schließlich lachten wir völlig hemmungslos und auf eine Weise, die ich normalerweise als *zu viel* kategorisieren würde. Aber es fühlte sich genau richtig an.

Philip vergaß, seine Zähne zu bedecken. Ich selbst vergaß beinah, dass ich angezogen war wie eine Barbiepuppe, und total, dass ich eine Lippen-Kiefer-Gaumenspalte hatte. Das war schön.

»Na«, sagte er schließlich, als wir fertig waren mit Lachen, »ich muss schnell meiner Mutter helfen. Da drüben ist ein Geschenketisch.«

»Perfekt«, sagte ich. »Gut zu wissen.«

Er lächelte ein letztes Mal.

»Beim Essen sitzt du neben mir«, sagte er. »Es gibt Tischkärtchen. Bis dann.«

»Ja, bis dann«, sagte ich und versuchte so zu tun, als wäre ich total ruhig.

In Wirklichkeit zitterte ich am ganzen Körper. War ich jetzt verrückt geworden oder flirtete er wirklich mit mir? Also *wirklich*. Mit mir? Mit Monstermir?

Im selben Moment bekam ich eine Bildnachricht aufs Handy. Sie war von Mikala.

»Na, was sagst du?«, stand da und das Bild zeigte Marcels Teller bei uns zu Hause auf dem Sofa.

Das heißt, das war das, was ich zuerst dachte. Aber Marcels Teller war ja durchzogen von gelben Streifen und das war dieser Teller nicht.

Ich zoomte näher an das Bild heran, als noch eine Nachricht ankam.

»Einfach«, stand da nur, mehr nicht.

Ich schaute mir den Teller noch mal an und konnte kaum glauben, was ich sah. Die Ähnlichkeit war unglaublich. Es war total irre. Mikala! In höchstens zwei Stunden!

Ich musste sie auf der Stelle anrufen, deshalb suchte ich den Weg zur Toilette, wo es ein bisschen ruhiger war.

»Du bist ja eine echte Künstlerin, die beste der Welt!«, rief ich, als am anderen Ende jemand dranging.

»Mmm«, sagte sie nur. »Das bin ich.«

»Und die beste große Schwester der Welt«, setzte ich hinzu.

»Mmm«, machte sie wieder. »Das bin ich wirklich.«

»Tausend, tausend, tausend Dank«, sagte ich. »Ich freue mich schon so darauf, mir den Teller anzuschauen, wenn ich nach Hause komme. Ich wünsche euch einen ganz tollen Abend heute.«

Stille.

»Hallo?« Mikalas Stimme klang höher und schärfer.

»Ja, hallo«, sagte ich. »Was ist denn?«

Noch eine Pause.

»Wolltest du nicht was anderes sagen?«, fragte sie.

»Äh. Was meinst du?«

Da ertönte ein Lachen am anderen Ende und dann: »DU bist die SCHLECHTESTE kleine Schwester DER WELT«, brüllte sie.

Dann legte sie auf.

Als Nächstes – also abgesehen davon, dass ich mir erst noch ein paar Kommentare über mein Kleid anhören musste – eröffnete Philips Mutter das Buffet. Sie klatschte in die Hände und sagte, alle sollten sich Essen holen und sich dann an den Tisch setzen, jeder da, wo sein Name stand. Hinterher würde Philip seine Geschenke auspacken und sich ordentlich bei jedem bedanken. (Noch etwas, worauf ich mich freuen konnte!) Später käme dann Philips Bruder mit einem Freund vom Gymnasium und würde sich um die Musik kümmern, sodass so richtig gefeiert werden konnte.

Aus irgendeinem Grund warf ich kurz einen Blick in meine Tasche, als gäbe es Hoffnung, dass sich doch irgendwie ein hübsches Geschenk hineingeschummelt hatte.

Komischerweise war das nicht der Fall, aber dafür entdeckte ich den Filzwichtel auf Skiern, der immer noch in meiner Tasche lag.

Ich war die schlechteste kleine Schwester der Welt UND der schlechteste Geburtstagsgast der Welt. Noch dazu bei einem Jungen, auf den ich stand. Was war nur los mit mir?

Alle strömten gleichzeitig zum Buffet, was für totales Chaos sorgte. Irgendjemand kippte eine Schale mit Mais auf den Boden und danach noch etwas Cola, was Philips Mutter mithilfe einiger Mädchen aufwischte.

Philip lächelte mir vom entferntesten Winkel des Kellers zu, und ich lächelte zurück und merkte, wie sich die Härchen auf meinem Rücken aufstellten. Nicht vor Angst natürlich, sondern vor Aufregung. Und, na ja, vielleicht doch auch ein bisschen vor Angst. Denn was, wenn er nachher tanzen wollte? Wenn ich etwas überhaupt nicht kann, dann das.

Ich bekam noch eine Bildnachricht aufs Handy – dieses Mal das Foto eines glänzenden, frisch gemalten Türschilds, auf dem mit großen, geschwungenen Buchstaben LÜGNERIN!!! stand.

Mikalas Stimme am Telefon hallte in meinem Kopf wider. Ich war bestimmt nicht scharf darauf, eine schlechte Schwester zu sein. Oder darauf, dass Mikala mich dafür hielt. Ich überlegte, ihr irgendwas zurückzuschreiben, aber ich wusste nicht, was. Ich musste an ihren Schatten im Fenster denken, als ich von zu Hause weggegangen war.

Philip war jetzt auch zum Buffet gegangen. Er stand mit dem Rücken zu mir und war gerade damit beschäftigt, sich Thunfisch in das Fladenbrot zu schaufeln. Er sah süß aus, sogar von hinten.

Der Tisch war hübsch gedeckt, mit einer Papierdecke, Flaggen und glänzenden Silbersternen. Ich entdeckte das Tischkärtchen mit meinem Namen drauf, ganz richtig, direkt neben Philips.

»Na, wird heute Abend noch geknutscht?« Sigrid hatte sich von hinten an mich herangeschlichen und flüsterte mir ins Ohr, bevor sie grinsend zum Tisch und den anderen ging.

»Nein!«, murmelte ich sofort, denn ehrlich gesagt, fand ich schon den Gedanken ans Tanzen stressig genug. So was wie Küssen hatte ich noch überhaupt nicht in Betracht gezogen. Okay, vielleicht ein bisschen, aber nicht ernsthaft.

Sigrid hörte mich aber gar nicht mehr, weil sie schon dabei war, sich einen Teller und Plastikbesteck zu organisieren.

Ich blieb einfach stehen. Alle holten sich Essen, alle standen mit dem Rücken zu mir. Niemand sah mich.

Ich starrte an meinem Barbiekleid hinunter und auf meine Turnschuhe, die wirklich ziemlich runtergekommen waren. Der eine hatte einen Riss in der Kappe, den ich bis eben noch gar nicht bemerkt hatte. Was wollte ich eigentlich hier?

Und dann, ich weiß nicht mit Sicherheit, warum, schien alles wie von allein zu passieren. Ich ging. Schlich mich leise rückwärts aus dem Raum.

Auf dem Weg kam mir die Idee, noch den Wichtel an meinen Platz am Tisch zu setzen. Dann verschwand ich.

Kapitel 26

Das Fest

Ich kam gerade in unserer Straße an, als Mama und Mikala rückwärts mit dem Auto aus der Einfahrt fuhren. Wäre ich nur eine Minute später gekommen, wäre es zu spät gewesen. Und den glücklichen Umstand, dass sie noch nicht weiter als bis zur Ausfahrt gekommen waren, hatte ich auch nur der Tatsache zu verdanken, dass Mikala vor Aufregung noch ganze zwei Mal nach oben auf die Toilette hatte rennen müssen.

Jetzt saß Mikala auf dem Beifahrersitz, den Drømmekuchen auf dem Schoß, und ihr Gesicht hellte sich schlagartig auf, als sie mich sah. Sie rief meinen Namen so laut, dass Mama die Kippe aus dem Mund fiel. Sie musste aus dem Auto springen, um sie von ihrem Rock zu schütteln, damit er nicht Feuer fing.

»Verdammt, Honey«, sagte sie.

»Ich war das nicht!«, antwortete ich.

Mikala bestand darauf, zu mir nach hinten zu kommen, damit wir nebeneinandersitzen konnten. Sie legte ihren Kopf an meine Schulter und erzählte mir wieder und wieder, was für eine tolle Schwester ich war. Ich lachte und sagte: »Selber.«

Mama rauchte wie immer während der gesamten Fahrt und betrachtete mich dabei die ganze Zeit im Rückspiegel. Sie hatte eine tiefe Falte zwischen den Augenbrauen.

»Ist alles okay?«, fragte sie mehrfach. Und: »Bist du sicher?«

»Alles bestens«, versicherte ich und lächelte. »Ich will nur den Tag der offenen Tür nicht verpassen. Oder den Drømmekuchen.«

Und das war Glück. Denn es war der beste Tag der offenen Tür, bei dem ich je gewesen war. Sie hatten wirklich was draus gemacht.

Der Eingang war total schön mit Luftschlangen und einer richtigen Pforte aus Ballons geschmückt, in jedem Raum waren Stände aufgebaut, an denen man Dinge kaufen konnte, die hier im letzten halben Jahr hergestellt worden war, also zum Beispiel WC-Schilder, aber auch hübsche Lederbörsen und bestickte Kissen. An manchen Ständen konnte man versuchen, einen Preis zu gewinnen, zum Beispiel beim Entenangeln oder an einem Glücksrad.

Mama gab mir ein paar Zwanzigkronenstücke, damit ich mir etwas kaufen konnte. Als Erstes ging ich zum Glücksrad und gewann ein Päckchen Kaffee, aber dann kaufte ich zwei hübsche WC-Schilder, die Mikala gemalt hatte. Eine Sache ist nämlich sicher: Bei uns zu Hause können wir immer noch eins mehr gebrauchen.

In der Kantine waren eine Menge langer Tische aufgestellt. Hier konnte man seinen Kuchen abgeben, Kartoffelsalat, eine Portion Frikadellen oder was man eben zum großen Selbstbedienungsbuffet beizusteuern hatte.

Während wir aßen, trat die Werkstatt-Band auf, die ziemlich viele Kim-Larsen-Lieder einstudiert hatte. Mann, waren die gut! Die Leute hörten gar nicht wieder auf zu klatschen und die Band musste drei Zugaben geben. Beim letzten Lied sangen wirklich alle im Raum mit.

Ich saß zwischen Mikala und einem Jungen, der Niller hieß. Er trug eine Strickmütze mit riesiger Bommel, offenbar die Fan-Mütze eines Fußballklubs namens HB Køge. Die Mütze war eine von denen, die seine Mutter selbst gestrickt hatte, und sie sah gar nicht mal so schlecht aus. Niller redete unglaublich viel, sowohl über Fußball im Allgemeinen als auch über den HB Køge im Besonderen – und darüber, wie es war, eine Menge Warzen am Fuß zu haben, die er sich zugezogen hatte, weil er so oft ins Schwimmbad ging. Jetzt badete er nur noch mit Strümpfen an den Füßen.

Hinterher vertraute Mikala mir an, dass er der süßeste Typ in der ganzen Werkstatt war. Ich kniff sie in die Seite und fragte, ob sie es nicht mal bei ihm versuchen wollte.

Später, als sie mich mit zur Toilette zerrte und ich die Farbe ihrer Unterhose erraten hatte (Gelb), erzählte sie mir, dass sie das schon längst getan hatte. Leider küsste er schlecht. Ich hatte ja keine Ahnung, dass Mikala so was schon mal ausprobiert hatte.

Das Schöne an Mikalas Werkstatt ist, dass einen nie irgendjemand komisch anguckt. Niemand findet, dass man ein besonders schiefes Gesicht hat. Weil garantiert irgendjemand auf irgendeine Weise noch schiefer aussieht. Und es ist fast unmöglich, besondere Aufmerksamkeit zu erregen, ganz egal, wie sehr man sich anstrengt.

Dieses Mal war meine persönliche Grenze trotzdem fast erreicht, und zwar, als ich in meinem pink leuchtenden Kleid zum bestgekleideten Mädchen des Tages gekürt wurde und auf der Bühne den Preis in Form einer riesigen Shampooflasche entgegennehmen musste, während der ganze Raum mir zujubelte und pfiff.

Aber obwohl ich mich am liebsten verkrochen hätte, hielt ich es aus. Ich verneigte mich und knickste und hinterher tanzte ich fast den ganzen Abend mit Mikala zu einem Grand-Prix-Hit nach dem anderen. Sie schleppte mich zu all ihren Freunden und präsentierte mich stolz als beste Schwester der Welt und Pupsprinzessin, und sie war so glücklich, dass mir gar nichts anderes übrig blieb, als es auch zu sein.

Erst als ich wieder zu Hause war, entdeckte ich, dass ich vier Anrufe und drei Nachrichten auf dem Handy hatte. Alle von Philip.

Die erste Nachricht – geschrieben ungefähr eine halbe Stunde nachdem ich gegangen war: »Wo bist du?«

Und die zweite – eine halbe Stunde später: »Hallo. Bitte antworte mir. Ist alles okay?«

Und schließlich – gegen elf Uhr abends – nur noch: »???«

Ich hatte absolut keine Idee, was ich darauf antworten wollte, deshalb schaltete ich das Telefon einfach auf lautlos und legte mich schlafen. Schließlich musste ich am nächsten Tag fit sein.

Kapitel 27

Das Schlimmste

Am Sonntag stand ich sofort auf, als der Handywecker um halb neun klingelte. Ich ging ins Bad und dann brannte ich Mikalas Tellerkopie in unserem Ofen. Ich machte alles so leise wie möglich, um Mama und Mikala nicht aufzuwecken. Irgendwie wollte ich lieber allein sein.

Ungefähr eine Stunde nachdem ich aufgestanden war, war der Teller fertig und so weit abgekühlt, dass ich loskonnte.

Und lass es mich ganz ehrlich sagen: Er war unglaublich schön. Sogar noch schöner als das Original, denn Mikala war nicht in der Lage gewesen, den zittrigen Look zu hundert Prozent nachzuahmen, den Marcel seinem Teller unfreiwillig verliehen hatte. Jetzt hoffte ich nur, dass er nichts bemerken würde.

Ich packte den Teller sorgfältig in ein paar Reklameblätter und legte ihn vorsichtig in meine Tasche zwischen zwei Schulbücher, deren einzige Aufgabe es war, die Tasche vor eventuellen Stößen zu schützen. Jetzt *durfte* einfach nichts mehr passieren.

Ich schrieb einen Zettel, dass ich mit dem Hochzeitsgeschenk zu Emily gefahren war, und ging.

Ich hatte nicht gefrühstückt, deshalb beschloss ich, noch kurz beim Bäcker vorbeizugehen und mir ein Brötchen zu kaufen, bevor ich in den Bus stieg. Ich war gerade am Fußgängerüberweg an der Ecke angekommen, wo der Bäcker war, als eine Stimme hinter mir rief: »Karen Blixen?«

Ich heiße nicht Karen Blixen, ich heiße Honey, also hätte ich gar nicht auf den Namen reagieren sollen, aber ich tat es trotzdem. Ich drehte mich um und blickte direkt ins Gesicht der echten Karen aus dem Chinesischkurs.

Ich war seit der zweiten und für mich letzten Unterrichtsstunde keinem einzigen Teilnehmer mehr begegnet, und ich überlegte für einen Moment, ob sie womöglich sauer auf mich war, ob ich weglaufen oder wenigstens Entschuldigung sagen sollte. Schließlich hatte ich mich gewissermaßen als sie ausgegeben, was ihr vielleicht schon ein bisschen spooky vorkommen könnte. Aber im Grunde war ja nichts passiert, und letztlich war es ihre eigene Schuld, dass sie beim ersten Mal nicht aufgetaucht war. Ich ließ es also darauf ankommen und blieb trippelnd am Bordstein stehen. Ich war unsicher und hoffte, dass sie genau wie ich der Ansicht war, dass wir uns eigentlich nicht viel zu sagen hatten. Das schien jedoch nicht der Fall zu sein.

»Du *bist* es!«, sagte sie mit weit aufgerissenen Augen, die Brauen fast bis zum Haaransatz hochgezogen. »Karen Blixen! Wie geht es dir?«

»Äh«, murmelte ich und achtete darauf, meine Tasche gut festzuhalten, denn eine Menge Menschen schob sich von allen Seiten neben uns an der Ampel vorbei. »Am ehesten wahrscheinlich Pferd, Pferd, Tiger, Tiger oder mama huhu oder wie das heißt.«

»Das ist ja so toll!« Sie jubelte laut. »Und schau mal, wer da gerade kommt.«

Sie zeigte zu einem großen Knäuel Menschen, und erst konnte ich mir gar nicht vorstellen, dass unter ihnen jemand sein sollte, den ich eigentlich erkennen müsste, aber dann entdeckte ich einen jüngeren Typen mit leberwurstfarbenen Haaren, der mir vage bekannt vorkam, und kurz darauf bekam ich die Bestätigung für das, was ich so langsam anfing zu befürchten: Er gehörte ebenfalls zur Chinesischgruppe und auch er erinnerte sich hervorragend an Karen Blixen.

»Das gibt's ja nicht«, sagte er und schüttelte dabei meine Schulter, als er vor mir stand. »Das ist ja total abgefahren!«

Und Karen Andersen fuhr fort, immer noch mit diesen aufgerissenen Augen: »Wo warst du denn plötzlich? Du bist ja schon beinah zum Mythos geworden.«

Ich hatte immer noch nichts anderes gesagt als das

mit Pferd, Pferd, Tiger, Tiger, aber das kümmerte ganz offensichtlich niemanden hier. Vielleicht hatten sie die Bedeutung dieses Ausdrucks vergessen. Sie waren nämlich total aus dem Häuschen und hörten gar nicht auf zu lachen, und schließlich musste ich sogar mitlachen, weil das Ganze so seltsam und bescheuert war.

»Hast du gerade was Wichtiges vor?«, fragte der Typ.

»Ähhh«, sagte ich. »Keine Ahnung.« Obwohl ich es natürlich haargenau wusste.

Darüber mussten sie auch lachen.

»Hast du nicht Lust, mit uns zum Brunch zu kommen? Das wäre doch großartig!« Karen Andersen nahm meine Hand. »Wir treffen uns mit dem ganzen Kurs in einem Café in der Nähe. Die anderen sterben, wenn sie dich sehen. Please, Karen Blixen. Du musst!«

»Ja, echt.« Der leberwurstfarbene Typ nahm meine andere Hand. »Das geht gar nicht anders. Komm mit! Wir laden dich ein.«

Und da passierte es wieder. Das, wovon ich nicht erklären kann, warum es ab und zu geschieht: Es lag nicht an der Aussicht auf einen Gratisbrunch, aber ich sagte: »Öh, ja«, und ließ mich auf geheimnisvolle Weise von ihnen mitnehmen. In ein Café, das kein bisschen *in der Nähe* war, sondern ehrlich gesagt ziemlich weit weg, aber egal.

Da saßen sie also. Der ganze Chinesischkurs. Unfassbar, wie viele das waren. Man hätte ja darauf hoffen können, dass mit der Zeit noch andere außer mir abgesprungen waren, aber das war wohl nicht der Fall. Und alle wollten mich umarmen, mir High five geben, mir auf die Schulter klopfen oder mir durch die Haare wuscheln. Sie taten so, als wäre ich ein heimgekehrter Sportheld, der gerade olympisches Gold gewonnen hatte. Und sie hörten nicht auf zu reden und zu fragen, und wieder und wieder musste ich die Geschichte erzählen, wie ich mich einfach in den Kurs gesetzt und so getan hatte, als gehörte ich dazu.

»Und wieso Karen Blixen?«, fragten sie.

»Ich weiß es wirklich nicht«, sagte ich und stopfte mich mit Croissants, Pancakes und Joghurt mit Sirup und Müsli voll. »Ich fand wohl einfach, dass es gut klingt.«

Und dann lachten alle furchtbar übertrieben, klopften mir auf den Rücken und sagten, ich wäre toll.

Der Brunch, das Treffen mit den Chinesischleuten, dauerte alles in allem zwei Stunden und elf Minuten. Ich weiß das so genau, weil ich dauernd auf mein Handy schaute und auch mehrmals sagte, dass ich leider losmüsste. Aber sie ließen mich nicht gehen. Sie hatten immer noch eine Frage mehr oder ein »Trink doch noch ein letztes Glas Saft mit uns«. Schließlich schaffte ich es dann aber doch aus der Tür. Allerdings erst nach einer Runde Gruppenumarmung und nachdem jeder einen Händedruck bekommen hatte.

Ich glaube, ich habe noch nie so etwas Seltsames erlebt. So falsch und gleichzeitig so richtig. Mir war regelrecht schwindelig, als ich schließlich zum Bus ging.

Und doch ist dieses Ereignis das Schrecklichste an der ganzen Geschichte. Das Schlimmste, was überhaupt passieren konnte.

Kapitel 28

Die Tellerüberraschung

Als ich im Hospiz ankam, war es fast ein Uhr, und deshalb rechnete ich damit, Marcel beim Mittagessen anzutreffen – oder besser gesagt, dabei, wie er sein Mittagessen anschaute, bevor er so was verkündete wie, dass er nicht so richtig hungrig war.

Aber als ich vor seiner Zimmertür stand, war sie zu. Das war ungewöhnlich. Ich zählte die Türen noch mal durch, um sicherzugehen, dass ich wirklich vor der richtigen stehen geblieben war. Es wäre furchtbar unpassend, in ein falsches Zimmer zu platzen. Aber doch, dritte Tür, es musste stimmen.

Ich hielt die Tasche mit dem Teller vor meinen Bauch und griff nach der Türklinke, als ich eine Stimme hinter mir hörte: »He, warte mal. Wen willst du besuchen?«

Ich drehte mich um und blickte in das sommersprossige Gesicht einer rothaarigen Frau in weißem Kittel. Ich konnte mich nicht daran erinnern, sie schon mal gesehen zu haben, aber ich ging davon aus, dass sie eine Krankenschwester war. Sie musste neu sein. Oder vielleicht eine Vertretung.

»Marcel«, sagte ich. »Wir sind verabredet.«

Die Schwester legte eine warme Hand auf meinen Arm.

»Gehörst du zur Familie?«, fragte sie.

»Na ja«, sagte ich. »Nicht so richtig.«

Sie runzelte die Stirn und spitzte ein bisschen den Mund.

»Aber du kennst ihn?«

»Äh«, antwortete ich. »Ich weiß nicht, ob man das so sagen kann. Aber ich muss ihm etwas bringen. Einen Teller.«

»Einen Teller«, wiederholte die Krankenschwester, dann nickte sie und hielt meinen Blick mit großen, ernsten Augen fest. »Ich muss dir leider sagen, dass Marcel heute Vormittag gestorben ist. Vor ungefähr anderthalb Stunden. Seine Tochter und seine Enkelin sind jetzt bei ihm. So, wie ich sie verstanden habe, erwarten sie sonst niemanden.«

»Tot?« Fast hätte ich die Tasche fallen lassen und damit auch den Teller, aber ich drückte sie ganz fest an mich. »Nein«, sagte ich. »Es ist doch frühestens in einer Woche so weit.«

Danach war es, als hätte ich alles vergessen – wie man sich bewegt, wie man spricht. Ich stand einfach da und starrte sie an. Erst die riesigen Augen der Krankenschwester, dann einen zufälligen Knopf an ihrem weißen Kittel.

»Verstehst du?«, fragte sie und drückte vorsichtig meine Schulter. »Er braucht jetzt keinen Teller mehr. Was ist das denn für ein Teller? Und woher kennst du Marcel überhaupt?«

»Ein Hochzeitsteller«, murmelte ich und starrte immer noch den Knopf an. »Er ist für seine Tochter.«

Sie nickte und legte einen Arm um mich. Sie versuchte, mich umzudrehen und denselben Weg zurückzuführen, den ich gekommen war.

»Wenn du etwas abliefern willst, kannst du es mir geben«, sagte sie und zog mich mit sich. »Komm.«

Ich folgte ihr ein paar Schritte, aber dann blieb ich stehen, während mir zugleich wahnsinnig schwindelig wurde.

»Ich möchte ihn wirklich gern sehen«, sagte ich. »Ich habe noch nie einen Toten gesehen.«

Das Letzte war ein bisschen dumm gesagt, das ist mir hinterher auch klar geworden, denn darum ging es ja gar nicht. Es ging um Marcel. Und diese Krankenschwester schob mich einfach weiter den Gang hinunter.

»Ja«, sagte sie. »Aber das geht nicht. Seine Familie hat das Recht auf ein bisschen Ruhe. Das verstehst du doch, oder?«

»Ja«, sagte ich.

Sie brachte mich in die Küche, holte einen Stuhl und ich setzte mich hin. Dann reichte sie mir eine Tasse Tee.

»Am besten gibst du mir den Teller«, sagte sie. »Du hast bestimmt Verständnis dafür, dass seine Familie jetzt für sich sein will.«

»Ja.« Ich nickte und trank einen Schluck Tee, der ziemlich kalt war. Dann stellte ich die Tasse ab, zog den Reißverschluss meiner Tasche auf und nahm den Teller heraus.

Marcels letztes Kunstwerk. Ja, okay, eine Kopie davon, aber trotzdem.

Ich wickelte ihn aus den Reklameblättchen und sah ihn mir an, nur kurz, dann wollte ich ihn der Krankenschwester reichen. Aber als ich ihn so ansah, wurde mir bewusst, dass ich in Wahrheit überhaupt kein Verständnis hatte. Also dafür, dass nur die Familie das Recht haben sollte, Marcel zu sehen. Das heißt, doch, ich konnte mir schon vorstellen, dass es so sein sollte. Ich wollte es nur nicht akzeptieren. Nicht jetzt. Und ich dachte an das, was Marcel über mich gesagt hatte, dass ich tough war.

Ich *war* tough. So und nicht anders.

Ich stand energisch auf und teilte der Krankenschwester mit, dass ich den Teller selbst überreichen wollte. Dann verließ ich die Küche und ging schnell den Gang hinunter bis zu Marcels Tür, die ich mit einer heftigen Armbewegung aufriss, weil es ein bisschen unerwartet kam, dass sie sich so leicht öffnen ließ. Vielleicht hatte ich in Wirklichkeit damit gerechnet, dass sie abgeschlossen war.

Marcel lag in seinem Bett, steif wie ein Brett, die Hände sorgsam über der Decke gefaltet. Jemand hatte eine Tulpe dazugelegt, der Stängel war in etwas Alufolie gewickelt. Ich registrierte, dass er lächelte. Neben ihm standen eine Frau und ein Mann sowie ein Mädchen in meinem Alter. Der Mann hielt sich ein bisschen im Hintergrund, aber die Frau und das Mädchen standen über Marcel gebeugt und weinten. Sie schauten nicht einmal hoch, als ich kam. Sie waren nur am Heulen.

Das machte mich total wütend.

»Wieso habt ihr ihn nicht besucht, als er noch lebte?«, sagte ich laut und war von meinem Auftreten selbst mindestens genauso überrascht wie die drei. »Er war ganz allein. Wieso seid ihr kein einziges Mal gekommen?«

Was dann passierte, war wie eine Szene aus einem ziemlich miesen Film. Die rothaarige Krankenschwester packte mich von hinten, sprang mir fast auf den Rücken und versuchte, mich mit aller Kraft aus dem Zimmer zu zerren, während Sanne, Maja und Tim (denn wer hätte es sonst sein sollen?) mich entgeistert anstarrten. Ich konnte sie gut verstehen. Ehrlich gesagt, führte ich mich auf wie eine Verrückte.

»Du kommst jetzt mit«, sagte die Krankenschwester immer wieder. »Wir gehen raus und unterhalten uns.«

Es gelang mir fast, sie abzuschütteln, aber dabei fiel ich hin und landete auf den Knien, was wahnsinnig wehtat, schließlich konnte ich mich ja nicht mit den Händen abfangen, weil ich den Teller festhalten musste. Die Schwester packte meinen Arm und plötzlich war auch Tim neben mir und griff den anderen.

So versuchten sie, mich auf den Gang zu schleifen, während ich alle möglichen Luftsprünge machte, auch weil mein Knie so wehtat, und gleichzeitig den Teller wie einen Schild vor meinen Bauch presste.

Das Ganze erinnerte mich ein bisschen an eine Szene, die ich mal im Fernsehen gesehen hatte, als ein Umweltaktivist festgenommen wurde, der auf einem Öltanker demonstrierte.

»Stopp!«, schrie ich – ich streckte Sanne den Teller entgegen. »Ich habe etwas Wichtiges dabei. Stopp! Das hier ist von Marcel.«

Ich gehe lieber nicht ins Detail wegen dem, was weiter geschah, aber schön war es nicht. Es war über alle Grenzen hinweg viel, viel, viel zu viel. Aber ich schaffte es, den Teller zu übergeben, und ich glaube, Sanne hat sich darüber gefreut. Auch wenn es nicht der echte Teller war, so war seine Geschichte umso echter. Marcel hatte einen Teller für sie bemalt. Das war die Wahrheit. Und das war alles, was sie wissen musste.

Hinterher, als wir uns unterhielten und wir uns alle ein bisschen beruhigt hatten, durfte ich doch noch mit Marcel allein sein, nur fünf Minuten.

Das heißt, *Marcel* ist vielleicht ein bisschen viel gesagt, denn er lag da überhaupt nicht im Bett. Das war mir sofort klar.

Ich hatte noch nie einen Toten gesehen und ich werde diesen Moment nie wieder vergessen.

Ein toter Mensch ist ein Körper. Das, was einen Körper zum Menschen macht, ist das Leben. Aber hier lag nur eine leere Hülle, die Marcel ein wenig ähnlich sah. Er war nicht mehr da. Er war weg – wo auch immer er jetzt sein mochte –, und ich hatte es wieder vermasselt. Schlimmer als je zuvor.

Kapitel 29

Eine Tasse und ein nasser Kittel

Maja wurde von ihrer Oma abgeholt. Sanne und Tim wollten sich noch mit einem Bestatter treffen, um die Beerdigung und alles Drumherum zu besprechen, und durften dafür einen Raum des Hospizes nutzen.

Ich hatte keine Ahnung, was ich jetzt mit mir anfangen sollte. Eigentlich musste ich nach Hause gehen, aber ich konnte nicht. Meine Beine, mein Körper gehörten einem Elefanten und waren kaum von der Stelle zu bewegen.

Zum ersten Mal ging ich in den Gemeinschaftsraum und setzte mich auf ein Sofa. Da blieb ich und starrte vor mich hin – vielleicht eine Stunde, ich weiß es wirklich nicht. Ich saß einfach da.

Irgendwann tauchte Thomas auf. Er war bestimmt eben erst zur Arbeit gekommen, denn er war noch dabei, seinen Kittel zuzuknöpfen, als ich ihn bemerkte.

»Ich habe es eben gehört«, sagte er leise, setzte sich neben mich und legte mir eine Hand auf den Rücken.

Ich nickte, blieb noch ein paar Minuten so sitzen und spürte seine Wärme.

»Stell dir vor, ganz allein zu sterben«, sagte ich dann und starrte leer in die Luft.

»Tatsächlich sterben die meisten Menschen allein«, sagte Thomas. »Die wenigsten haben jemanden um sich, wenn es so weit ist.«

»Echt?« Ich schaute zu ihm hoch. »Aber ich meine nicht nur den Moment, in dem er gestorben ist. Ich meine die ganze Zeit. Ich habe ihn gestern daliegen sehen. Total einsam. Also war es vielleicht sogar gut, dass er keine Gefühle hatte. Irgendwie.«

»Keine Gefühle?« Thomas nahm seine Hand weg.

»Ja«, sagte ich. »Wegen der Pillen, die ihr ihm gegeben habt.«

»Honey.« Thomas sah ernst aus, mit der Andeutung eines Lächelns. »Ich muss dir was zeigen.«

Er stand vom Sofa auf und ging in die Küche. Kurz darauf kam er zurück, eine Hand hinter dem Rücken.

»Welche Hand willst du?«, fragte er.

Ich starrte den Arm hinter seinem Rücken ein bisschen an, und dann guckte ich zu dem, der vollkommen sichtbar an seiner Seite herunterhing.

»Ach so, ja.« Thomas lächelte und zog die Hand hinter dem Rücken vor, in der er eine Tasse hielt.

Es war eine ganz gewöhnliche Kaffeetasse des Hospizes. So eine kleine, weiße, krankenhausartige. Aber diese hier war nicht mehr nur weiß. Sie war über und über mit den hübschesten blauen und lila Blüten verziert (Mama erklärte mir später, dass es Flieder war), und in der Mitte dazwischen stand ein Text aus ganz zierlichen und doch ein bisschen verzitterten rosaroten Buchstaben: »Honey, Honey – my candy girl«

»Irgendetwas hat er wohl doch gefühlt«, sagte Thomas und gab mir die Tasse. »Marcel war *nicht* allein.«

Ich würde jetzt gern sagen, dass ich mir eine Träne aus dem Augenwinkel wischte, meine Tasse entgegennahm und Thomas zum Abschied noch mal drückte oder so was. Aber das war nicht der Fall. Absolut nicht. Denn ich weinte und schluchzte – ich heulte hemmungslos auf eine Weise, die ich, ohne zu zögern, jederzeit unter der Kategorie *viel zu viel* einordnen würde. Die Tatsache, dass es sich um einen offenen Aufenthaltsraum handelte, den alle Angehörigen und Patienten des Hospizes jederzeit nutzen konnten, was sie auch taten, machte es nicht besser, aber nicht mal das konnte mich aufhalten. Gar nicht. Ich klammerte mich an Thomas – einen Menschen, den ich eigentlich überhaupt nicht kannte –, und sein Kittel wurde nass von meinen Tränen und auch von der Spucke, die ich nicht unter Kontrolle hatte.

Thomas, das muss ich sagen, ertrug das alles mit einer Gelassenheit, die ich noch nie bei jemandem erlebt habe. Es war bestimmt nicht das erste Mal in seinem Alltag, wo die Leute buchstäblich starben wie die Fliegen, dass er jemanden trösten musste. Und als ich mehr oder weniger alles rausgelassen hatte, fühlte ich mich endlich bereit, nach Hause zu gehen.

Es stellte sich heraus, dass ich meinen Schlüssel vergessen hatte, und es war niemand zu Hause, also setzte ich mich auf die Treppe vor unserer Haustür und wartete. Es dauerte zum Glück nicht so wahnsinnig lange, vielleicht eine Viertelstunde, bis ich sah, wie etwas kreischend Gelbes aus der Ferne auf mich zuwackelte. Ich erkannte Mikalas Sicherheitsweste sofort – sie zieht sie manchmal über, wenn sie irgendwo allein hingehen will –, und aus irgendeinem Grund brachte mich ihr Anblick schon wieder zum Heulen.

»Hallihallo«, sagte sie, als sie endlich vor mir stand. »Ich habe Zimtschnecken gekauft.«

Sie streckte mir eine fettige Papiertüte entgegen. Ich wischte mir die Wangen mit den Ärmeln ab.

»Hallo«, sagte ich. »Ich bin gerade nicht so hungrig.«

Mikala nahm sich eine Zimtschnecke aus der Tüte, biss herzhaft hinein und setzte sich neben mich auf die Treppe. Sie stellte keine Fragen, legte nur den Kopf an meine Schulter und kaute. So saßen wir eine Weile.

»Es war super, dass du den Teller bemalt hast«, sagte ich.

»Mmm.« Mikala ließ den Kopf liegen und biss ab, und ich spürte, wie sich ihre Kiefer beim Kauen bewegten. »Es war gut, dass du mit zur Werkstatt gekommen bist«, sagte sie.

Ich nickte. »Aber ein andermal mache ich es vielleicht nicht.«

Mama kam ungefähr eine halbe Stunde später, sie war im Waschsalon gewesen. Als ich sie sah, ging nichts mehr: Ich heulte sofort los und brachte kaum ein Wort heraus.

Mama bekam einen riesigen Schreck. Sie dachte, ich wäre vergewaltigt worden oder so etwas in der Art, aber irgendwann schaffte ich es, ihr die ganze Geschichte zu erzählen, so wie sie wirklich war.

Dass Emily und ich in Wahrheit gar nicht besonders befreundet waren, dass ihre Mutter nicht heiratete, dass es bei alldem um Marcel gegangen war, dass ich dort meine ganzen Nachmittage verbracht hatte, ohne dass jemand davon wusste. Das Einzige, was ich ausließ, war, dass Papa sich Geld geliehen und Philip den selbst gebastelten Wichtel bekommen hatte. Aber das war in dem Zusammenhang auch nicht so wichtig.

Ehrlich gesagt, war Mama ziemlich schockiert. Fast so schockiert, als wäre ich *tatsächlich* vergewaltigt worden, glaube ich. Und sie fand den Gedanken sehr unheimlich, dass sie keine Ahnung gehabt hatte, wo ich gewesen war, und dass ich gewissermaßen ein Doppelleben geführt hatte.

»So was machst du nie, nie wieder!«, sagte sie.

Und das versprach ich. Dann weinte ich noch ein bisschen und Mama tröstete mich. Den restlichen Nachmittag saßen wir zu dritt ganz dicht nebeneinander auf dem

Sofa, Mikala, Mama und ich, schauten uns *Matador* an und aßen Zimtröllchen und -schnecken, die, genau genommen, ziemlich gleich schmeckten.

»Liegt es daran, dass du einen Mann im Alltag vermisst?«, fragte Mama irgendwann. »Würdest du gern zu einer Psychologin gehen?«

»Oh, Mama, hör auf!«, sagte ich. »Papa ist schon in Ordnung.«

Kapitel 30

Heiße Schokolade

Am Montag wurde Mikala mit Frühstück im Bett, Fähnchen und Geschenken geweckt, denn es war ihr Aufgehört-mit-Nägelkauen-Jahrestag. Wir sangen »Mikala hat aufgehört mit Nägelkauen, ja, hurra, es ist wirklich wahr«.

Mama schenkte drei Gläser mit Apfelsaft ein, richtete Brötchen auf ein paar Tellern an, die sie auf dem Boden und dem Fensterbrett abstellte, und holte schließlich einen Schokoladenkuchen, den sie am Tag zuvor bei Fakta gekauft und selbst mit extra Glasur und Streuseln dekoriert hatte.

»Herzlichen Glückwunsch«, sagte ich und kroch auf Mikalas Bettdecke am Fußende. »Mein Geschenk kann man umtauschen.«

Mikala stürzte sich gierig auf die Päckchen und war zum Glück ganz begeistert von dem »Diamantschmuck«, den ich ihr gekauft hatte. Rosa war offensichtlich genau die richtige Farbe und sie legte das Schmuckset sofort an.

Von Mama bekam sie eine Gutscheinkarte für ihren Lieblings-Bastelladen, und ich versprach ihr, in den nächsten Tagen mit ihr dorthin zu gehen.

Dann musste ich schleunigst in die Schule. Ich kam eine Stunde zu spät, aber schließlich hört die eigene Schwester nicht jeden Tag mit Nägelkauen auf – oder hat vor drei Jahren damit aufgehört.

Die anderen hockten alle zusammen, mit dem Rücken zur Tür, als ich mitten in der Pause ins Klassenzimmer kam. Sie lachten und unterhielten sich offensichtlich über die Party bei Philip, die ein Riesenerfolg gewesen zu sein schien. Emily hatte offenbar mit einem Typen geknutscht, der Asger hieß und überhaupt nicht in unsere Klasse ging, sondern einfach so aufgetaucht war. Niemand hatte eine Ahnung, wer er war, und schließlich war er ganz einfach wieder verschwunden. Allerdings hatte er eine Zahnspange gehabt und Emily hatte lauter wunde Stellen um den Mund von der Knutscherei. Darüber wurde viel gelacht, und Emily lief rot an, aber sie war auch ein bisschen stolz, wie ich sehen konnte. Ich glaube nicht, dass sie vorher schon mal jemanden geküsst hatte. Aber jetzt wusste sie, wie es ging. Im Gegensatz zu mir zum Beispiel.

Es dauerte ein bisschen, bis mich jemand ansprach.

»Wo warst du denn am Samstag plötzlich?«, fragte Sigrid endlich. »Du warst einfach weg.«

Die meisten drehten sich um, der Kreis öffnete sich und in der Mitte wurde Philip sichtbar. Wir hatten Blickkontakt, und ich bereute sofort, dass ich keine einzige seiner Nachrichten beantwortet hatte. Das war wirklich schlechter Stil.

»Es ist jemand gestorben«, sagte ich und schaute Philip dabei direkt in die Augen. »Ein Mann, den ich kenne.«

Totale Stille.

Okay, das war natürlich nicht ganz richtig. Deshalb war ich an dem Abend nicht gegangen. Aber es *war* jemand gestorben, nur darauf kam es an. Und nebenbei war es wirklich eine gute Entschuldigung für mein ziemlich seltsames Benehmen.

Philip schaute nach unten, und ich war mir wirklich nicht sicher, ob es daran lag, dass er enttäuscht oder sauer war, oder ob er ganz einfach nicht wusste, wie er sich sonst verhalten sollte.

»Oh Gott.« Sigrid kam sofort auf mich und zu und legte den Arm um mich. »Wie schrecklich, Honey. Du Ärmste. Wer war es?«

Ich konnte es nicht mehr richtig erklären, weil in dem Moment unser Lehrer reinkam und wir Englisch machen mussten. Der Rest des Tages verlief einigermaßen normal, abgesehen davon, dass natürlich alle die ganze Zeit von der Party redeten, woran ich mich aus bekanntem Grund nur schwer beteiligen konnte.

Ich versuchte ein paarmal, Philips Blick aufzufangen, in der Hoffnung, wir würden uns vielleicht anlächeln, so wie am Samstagabend, aber es kam mir vor, als würde er mir ausweichen.

Schließlich gab ich auf. Ich konnte gut verstehen, dass er sauer war. Ehrlich gesagt, hatte ich es nicht anders verdient.

Auf dem Heimweg nach der Schule, als ich eigentlich ziemlich traurig war, kam eine SMS auf meinem Handy an. Sie war von Papa: »Hi, Honey. Hast du frei? Was hältst du von einer heißen Schokolade?«

Ein paar Minuten später antwortete ich ihm: »Bin in einer Viertelstunde an der Ecke.«

Papa stand schon da, als ich kam. Ich konnte schon von Weitem sehen, dass er ganz kribbelig war, weil er ständig die Position wechselte, immer wieder auf sein Handy starrte und dann die Straße hinunterspähte, um zu sehen, wo ich blieb. Schon okay. Ich kam ja wirklich fünf oder zehn Minuten zu spät.

»Hi«, sagte ich, als ich bei ihm war, und überreichte ihm einen Pappbecher von 7-eleven. »Pass auf. Der ist heiß.«

»Au, verdammt«, platzte Papa heraus, als er den Becher entgegennahm und sofort die Hand wechseln musste. »Was zur Hölle ist das denn?«

»Heiße Schokolade«, sagte ich und lächelte. »Die ist von mir für dich, aber nächstes Mal bist du dran. Du schuldest mir eine.«

Wir drehten eine lange Runde durch das Viertel, während wir den Kakao tranken, und ich erzählte meinem Vater die Geschichte von Marcel, die er im Vergleich zu Mama ziemlich ruhig und gelassen aufnahm. Er war überhaupt nicht sauer, weil ich niemandem gesagt hatte, wo ich war. Im Gegenteil. Das hatte er als Kind auch gemacht.

»Du bist wirklich Papas Mädchen!«, sagte er stolz und zerquetschte mich fast in seinen starken Armen, sodass mein Kakao beinahe aus dem Becher schwappte.

Dann erzählte er mir von ein paar Clips, die er auf YouTube gesehen hatte, unter anderem von wirklich heftigen Verkehrsunfällen. Ziemlich unappetitliche Sache, wenn ich ihn richtig verstanden hatte. Er wollte mir später die Links schicken, falls es mich interessierte.

Als ich gegen halb fünf nach Hause kam, saßen Mama und Mikala auf dem Sofa und guckten *Matador,* die Köpfe aneinandergelehnt. Mama hatte sich anlässlich Mikalas Jahrestag freigenommen. Vermutlich saßen sie schon den ganzen Tag so da. Zumindest lagen vier leere Tüten Zimtröllchen vor ihnen auf dem Tisch und die Luft war dank Zigarettenrauch zum Schneiden.

»Setzt du dich zu uns?«, fragte Mikala.

»Nein, danke«, sagte ich. »Vielleicht später.«

Ich ging in mein Zimmer, legte mich aufs Bett und starrte an die Decke. Ich dachte an den Tag, der vergangen war. Neben mir auf dem Kopfkissen lag die Tasse von Marcel.

Obwohl es jetzt nicht so supernaheliegend ist, eine Tasse mit ins Bett zu nehmen, hatte ich es getan. Und ich glaube, es ist nicht gelogen, wenn ich sage, dass diese Tasse das schönste Geschenk war, das ich je bekommen habe.

Ich fuhr mit dem Finger über das Blumenmotiv und meinen Namen und dachte, dass ich unbedingt noch herausfinden musste, wann Marcel beerdigt wurde. Ich wollte auf jeden Fall dabei sein. Das hatte er verdient. Das würde ich nicht auch noch vermasseln.

Bei diesem Gedanken fiel mir wieder ein, dass ich unbedingt noch irgendwas an Philip schreiben musste. Irgendwas. »Entschuldigung« wäre zum Beispiel nicht ganz abwegig. Was sollte ich auch sonst sagen? Ich nahm mein Telefon und versuchte, eine Nachricht zu formulieren.

»Tut mir leid, dass ich mich Samstag nicht verabschiedet habe«, schrieb ich.

Aber ich kam nicht mehr dazu, die Nachricht abzuschicken, denn im selben Augenblick klopfte es an meiner Zimmertür.

Mama öffnete und schob den Kopf durch den Spalt. Sie grinste unglaublich breit. Ein bisschen zu breit. Hinter ihr stand Mikala mit knallrotem Kopf, die Hände vor den Mund gepresst, und versuchte, ein Kichern zu unterdrücken.

»Was?«, fragte ich. »Was ist los?«

Mama nickte mit dem Kopf in Richtung Wohnungstür. »Du hast Besuch!«

Im Treppenhaus stand kein Geringerer als Philip höchstpersönlich. In der einen Hand hielt er den Filzwichtel auf Skiern, mit der anderen knibbelte er an dem WC-Schild an unserer Wohnungstür herum – eins von den neuen, die ich am Tag der offenen Tür gekauft hatte.

Mikala stand direkt hinter mir und hörte nicht auf, mir immer wieder wie ein beschützender Vater den Arm um die Schulter zu legen, während ich diskret versuchte, mich aus ihrem Griff zu befreien. Am Ende musste Mama kommen und sie holen, womit Mikala ganz und gar nicht einverstanden war. Sie rief immer wieder, dass sie doch bloß hören wollte, was wir redeten, während Mama sie mit beiden Armen umschlungen hatte und auf nicht ganz so angenehme Art wegzog. Es erinnerte mehr als nur ein bisschen an die Szene, die sich ungefähr einen Tag früher in einem gewissen Hospiz abgespielt hatte.

Das alles war vielleicht etwas ungeschickt und hallte auch ziemlich laut durchs Treppenhaus und ganz sicher war es *zu viel*. Normalerweise hätte ich Mikala ja auch einfach zuhören lassen, um diesen Krach zu vermeiden. Aber dieses Mal wollte ich wirklich gern mit Philip allein sein. Dieses *eine* Mal. Also sagte ich nichts, und schließlich gelang es Mama, Mikala ins Wohnzimmer zu verfrachten und die Tür zuzumachen.

»Tut mir leid, Mikala«, rief ich ihnen nach.

»Äh, hi«, sagte Philip, als es endlich still war. »Freut mich, dass deine Schwester wieder zu Hause ist und alles.«

Ich nickte und betete, dass Mama und Mikala nicht an der Tür lauschten, was mich allerdings nicht im Geringsten überrascht hätte.

Philip lächelte auf seine vertraute Weise ohne Zähne und fuhr sich nervös durch die Haare.

»Tja, also, ich glaube, den hier hast du am Samstag vergessen.« Er streckte mir den Wichtel entgegen, und ich nahm ihn, außerstande, irgendetwas Schlaues zu sagen.

Vielleicht sagte ich Danke. Ich bin mir nicht sicher.

Wir schauten uns an. Er lächelte und ich lächelte zurück.

»Okay«, sagte er dann und zuckte mit den Schultern. »Aber eigentlich wollte ich dich fragen, ob du vielleicht Lust auf eine heiße Schokolade mit Tommy Cool hättest?«

福

Anmerkungen

In Dänemark ist es üblich, sich zu duzen – egal, ob Kind oder Erwachsener, Lehrer oder Krankenpfleger –, und deshalb duzen sich auch alle in diesem Buch.

Karen Blixen war eine berühmte dänische Autorin, in Deutschland vor allem unter dem Pseudonym Tania Blixen bekannt. Zwei ihrer Afrikaromane wurden unter dem Titel »Jenseits von Afrika« auch sehr erfolgreich verfilmt.

Und hier noch eine kleine Orientierungshilfe im Währungsdschungel: Eine Dänische Krone entspricht ca. 0,13 €, 1 Euro entspricht ca. 7,44 DKK – wenn Honey also z. B. Erdbeertorte für 169 DKK kauft, dann hat sie umgerechnet 22,70 € dafür ausgegeben.

Mette Eike Neerlin wurde 1979 in Frederiksberg/Dänemark geboren. Sie hat Dänisch und Chinesisch an der Universität von Kopenhagen studiert. Von 2004–2006 besuchte sie eine Autorenschule für Kinderliteratur. Sie wohnt in Frederiksberg mit ihrem Freund, zwei Kindern und einem Zwerghamster. 2011 erschien ihr Debütroman.